Höllenritt durch Arizona

Backroad Diaries

Jens Fuge

Höllenritt durch Arizona

Backroad Diaries Verlag
2014

Das Titelbild: Tattoos, Bärte, Feierlaune: Bikerstyle in den Staaten.
Je mehr von allem, um so besser.
Foto: Joe Rogers (www.joefotos.com).

Dank schulde ich meinen Ratgebern und Testlesern: Stefan Haack, meiner Kerstin, meinem Bruder Udo sowie Matthias Weidemann und Amokalex Rudzinski für die Übersetzung und englische Bearbeitung.
Danke an Maxx, Tucson, für die Vermittlung und freundliche Aufnahme, ebenso Diesel aus Phoenix sowie Fritz, Tucson, für die Begleitung.
Fachliche Hilfe verdanke ich Lothar Gutsche, dem „Druck-Papst" aus Leipzig, sowie Caterina Rudolf (Layout), André Schönfeld (Bildbearbeitung) und Marina Conrad sowie Juliane Groh (Lektorat).

1. Auflage 2014
Satz: Caterina Rudolf
Bildbearbeitung: André Schönfeld
Fotos: Jens Fuge, außer S. 1 (Foto: Joe Rogers), S. 8 (Foto: Tommy)
Lektorat: Marina Conrad
Druck: Löhnert Druck, Markranstädt
Buchbinderische Weiterverarbeitung: Buchbinderei Müller, Gerichshain
Printed in Germany
ISBN: 978-3-9816023-0-2

Ride with me

» Don't ride in front of me,
I may not follow.
Don't ride behind me,
I may not lead.
But ride beside me
as my brother forever. «

Wir knatterten durch die Wüste von Arizona. Die Sonne hoch, der Himmel weit. Und vor mir tanzte ein Deathhead. Die Hitze brannte auf den Armen. Am Morgen waren die Temperaturen noch erträglich, 25 Grad in Tucson. Unser Trip sollte uns nach Tombstone führen, diesen holzgewordenen amerikanischen Traum eines Westernstädtchens. Maxx und ich wollten einfach einen Tag zusammen verbringen, ein wenig abhängen, ein paar Kumpels besuchen, ein paar Meilen zusammen fahren.

Also holte er mich vom Hotel ab und wir fuhren zu einem seiner Club-Brüder. Er war der Besitzer eines Gourmet-Services und eines Cafes, in dem wir uns ein zweites Frühstück bestellten. Maxx verschwand kurz in einem Hinterzimmer, um kurz darauf mit seinem Bruder zurückzukehren. Massige Gestalt, die langen Haare zum Zopf gebunden, tätowierte Arme. So weit, so gut – das Klischee stimmte bis dahin. Doch die Küchenschürze, die er sich umgebunden hatte, und der Kochlöffel, den er in der Hand hielt, passten nicht zum sonstigen Bild. Er grinste schräg: „No pictures, okay?" Er wusste ja um meinen Job als Reporter und dass ich etwaige Fotos nicht fürs private Schatzkästlein machen würde. Die Ansage stand, ich würde sie befolgen, er war sich dessen sicher. Schließlich kannte ich die Regeln. Ich bewegte mich seit Jahren in der Biker- und Rockerszene, hatte viele Reportagen und Hintergrundberichte verfasst und Dutzende Partys besucht, war auf vielen Runs und Ausfahrten mitgefahren, kannte unzählige Clubhäuser von innen, war mit Regeln und Sitten der Rocker vertraut. Und ich sprach ihre Sprache. Nicht, weil ich ein besonders guter Schauspieler war, sondern weil ich selber ein Leben auf der Straße führte. Weil ich mit meiner Harley, derzeit einer Street-Glide 2011, in jeder freien Minute den Asphalt malträtierte und on the road war.

Natürlich wäre ein Foto mit einem Hells Angel beim Gurkenschneiden ein tolles Motiv gewesen, aber er wollte nun mal nicht. Seine Brüder, die wir anderntags besucht hatten, waren nicht ganz so verschlossen. Begeisterung zeigten auch sie nicht, aber ich durfte sie immerhin an ihrem Arbeitsplatz fotografieren. Ein Angel bastelte in einer Autowerkstatt an einem Dreamcar herum, schweißte gerade am Rahmen. Undenkbar in TÜV-Deutschland!

Die Werkstatt wirkte sehr professionell und aufgeräumt, ganz im Gegensatz zu einigen Oldschool-Garagen, die ich bislang gesehen hatte. In der Ecke lag ein völlig zerbeulter Motorradtank. Der Biker griente mich an, zeigte auf den Tank und erzählte von seinem Unfall im letzten Jahr. Er hatte die Ecke eines Bordsteins mitgenommen

Seite an Seite, Rad an Rad, Kopf an Kopf – so fahren die Einprozenter.

und war dadurch gestürzt. „Ich hätte auch tot sein können", meinte er lapidar und setzte die Werkstattführung fort. Der Vice President arbeitete ein paar Blocks weiter in einem unscheinbaren Flachbau. Im grauen Kittel fotografierte er Zubehörteile für Motorräder, die anschließend ins E-Bay gestellt und in alle Welt verkauft wurden. Er war sehr beschäftigt und hantierte gerade mit einer Canon-Kamera herum. „Wir versenden sehr viel nach Europa, die Nachfrage ist da", gab er zum Besten und zog sich das nächste Teil heran.

Maxx gab mächtig Gas. Das Speedlimit schien ihn kaum zu kümmern. Warum auch? Er war schließlich ein Einprozenter, ein Outlaw, ein Rebell. Da respektiert man nicht immer alle Vorschriften. Aber ehrlich: Wer hält sich schon an Speedlimits? In unseren dichtbesiedelten und verkehrsreichen deutschen Innenstädten wird langsam getuckert, wenn's unübersichtlich wird, aber auf der Landstraße? Oder auf den breiten amerikanischen Straßen überall? Das kann keiner erwarten, oder?

Ansonsten war Maxx kaum der Typ, den man in einer Angels-Kutte erwarten würde. Wenn man dem Klischee Glauben schenken mag, jedenfalls. Ein leiser, stiller Typ, fast sanft wirkend. Jedenfalls äußerlich. Aus

Erfahrung weiß ich, dass das mächtig täuschen kann. In manchem Mann brodelt ein Vulkan, der erst ausbricht, wenn ein gewisses Limit an Toleranz oder Erträglichkeit erreicht ist. Das hatte ich bei Maxx noch nicht erlebt, aber ich war mir fast sicher, dass da noch etwas mehr drin steckt, als man sehen konnte. Er konnte zuhören, war höflich, zuvorkommend und seine Briefe pflegte er mit „Wärmsten Grüßen" zu beenden. Die vollendetste Höflichkeit, der ich je unter den Flügeln des Deathhead begegnet war.

Er hatte mich zu seiner Hochzeitsfeier eingeladen, die am Wochenende im Clubhaus des Hells Angels MC Tucson stattgefunden hatte. Neben seinen Club-Brüdern war viel Familie anwesend, sodass auch die Party zumindest einen ungewöhnlichen Anblick bot. Neben den großen Männern mit den breiten Schultern stießen auch zierliche Schwestern, unbefleckte Nichten und arglose Eltern auf das Paar an, alles durchmischte sich und grenzenlose Toleranz waberte durch die Räume. Draußen standen die Prospects am Grill, der Bruder vom Gourmetservice hatte Platten mit Leckereien geliefert und große Bottiche mit Eiswasser kühlten die Getränke für den Abend. An der Bar wechselten sich Member des Clubs und einige Mädchen ab, die gewünschten Getränke zu mixen. Die Musik lief, nicht zu laut, exakt ausgesteuert, und lieferte den stimmungsvollen Hintergrund. Ich stieß mit dem Vater der Braut an. Amerikanischer Soldat, stationiert in Aschaffenburg, fließend deutsch, über 80 Jahre alt. Er rief: „Ein Hoch auf die Hells Angels!" und stieß so heftig mit mir an, dass sein Glas mit dem Tequila überschwappte.

Wir rauschten mit 130 Sachen über die Route 83 und genossen ein paar wirklich schöne Kurven. Ich fuhr versetzt hinter Maxx, wie ich das gewohnt war. Sicherheit: Platz zum Ausweichen, zum Bremsen, die Schrecksekunde nicht noch verlängern durch Prüfen der Situation, ob man auch wirklich ausweichen kann. So steckte das in meinem Kopf, fest verankert und hundertfach erprobt. Irgendwann winkte Maxx mich zu sich. Ich gab Gas, bis ich neben ihm rollte, und er rief mir laut zu: „Ride with me!" und zeigte auf die Stelle neben sich.

Also rollten wir fortan Rad an Rad, wie es seit jeher Sitte bei den Angels und den anderen Einprozentern war. Als ich mich nach einigen Kilometern an die Fahrweise gewöhnt hatte, begann ich, die Situation zu genießen.

Und ich verstand: Seite an Seite mit einem guten Freund. Vertrauen geben, Vertrauen nehmen. Den Moment teilen. Wissen, dass alles, was passieren könnte, uns beiden passieren würde, dem einen wie dem anderen, ohne Unterschied, unabhängig von Rang und Namen, Clubzugehörigkeit oder Nationalität. Sehr beeindruckend, als ich das realisierte.

Fahre nicht vor mir, ich mag nicht folgen.
Fahr nicht hinter mir, ich mag nicht führen.
Aber fahr neben mir – als mein Bruder für immer. Ride with me!

Höllenritte

Die Ansage war klar: „Sieben Uhr ist Treffen. Wenn du zu spät kommst, sind wir weg!" Big Mike von den Tucson-Angels ließ keinen Zweifel an der Sache. Ich war pünktlich. Ich erlebte, wie Hells Angels im Pack fahren. Und ich sage: Vergesst den ganzen Bullshit! Steckt euch all die Sprüche sonst wohin, die ihr vielleicht gehört habt, wenn es um Einprozenter geht, die angeblich so selten mit dem Motorrad fahren. Ich bin mit den Angels gefahren. Und es war ein Höllenritt.

In aller Herrgottsfrühe am „Circle K", einer Tankstelle 30 Meilen nördlich von Tucson. Ein kleiner Ritt zu den Hells Angels vom Yavapai-Charter war angesagt. Sie veranstalteten in jedem Jahr ein Boxevent. Am Abend zuvor war die Sache besprochen worden. Maxx hatte erwähnt, dass seine Brüder einen Run unternehmen würden und hatte vorausgesetzt, dass ich mir die Gelegenheit, im Pack mitzufahren, kaum entgehen lassen würde. Also wandte ich mich an Big Mike, um ihn nach Ort und

Mitten im Pack fuhr unser Autor (links) mit den Hells Angels ins Chino Valley.

Traurig, dass darauf hingewiesen werden muss: Nicht schuldig durch Zugehörigkeit.

Zeitpunkt der Abfahrt zu fragen. Big Mike trug seinen Namen nicht zu Unrecht, denn seine schätzungsweise 170 Kilogramm trug er auf über zwei Meter verteilt. Der Kurzhaarschnitt betonte die massige Gestalt noch, die obligatorische Sonnenbrille saß wie angeschweißt auf seinem Kopf. Auf seiner Kutte trug er neben dem Aufnäher, der ihn als Mitglied des Tucson-Charters auswies, den Side-Rocker Skull Valley, was darauf hindeutete, dass er eine freundschaftliche Verbindung zu jenem Charter pflegte oder dass eine andere enge Verbindung zu den dortigen Brüdern bestand. Darüber prangte die Einprozenter-Raute, und auf der rechten Seite seiner Kutte war ein runder Aufnäher aufgenäht, der einen Deathhead sowie die Schriftzeichen „Hells Angels" und „AFFA Papa" zeigte. Eine Reminiszenz an den 2008 ermordeten Präsidenten des Hells Angels MC San Francisco Mark „Papa Frisco" Guardado.

Eine der bekanntesten Tragödien der amerikanischen Rockerszene: „Papa" wurde am 2. September 2008 im Mission District von San Francisco in einer Bar in eine Schlägerei verwickelt und gegen 22.30 Uhr von seinem Widersacher mit zwei Schüssen und vier Messerhieben niedergestreckt. Später starb er an seinen Verletzungen in einem Krankenhaus. Die Polizei ermittelte den Täter schnell, es handelte sich um ein Mitglied der verfeindeten Mongols. Die beiden waren wohl zufällig aufeinander getroffen, obwohl es viele Verschwörungstheorien rund um den Fall gab. Der Täter, Christopher A., wurde im Mai 2012 zu einer Strafe von dreimal lebenslänglich verurteilt. Zur Beerdigung von „Papa" waren 2008 über 2000 Hells Angels nach San Francisco gereist. Augenzeugen berichteten, es hätte kein einziges freies Zimmer mehr in der Stadt gegeben, und wer sich auf Youtube die Videos vom Trauerzug anschaut, ahnt, wie beeindruckend die Beerdigung gewesen sein muss. Guardado war damals übrigens einer der Berater für die TV-Serie „Sons of Anarchy".

Big Mike rief zur Abfahrt. Es war noch empfindlich kühl, im Frühjahr fallen die Temperaturen in der Nacht dramatisch ab. Mike hatte eine Lederhose und eine warme Jacke an. Auch die anderen waren für ihre Verhältnisse dick eingepackt. Die anderen, das waren zwei Hangarounds, ein Supporter sowie drei Hells Angels, von denen zwei aus Tucson und einer aus Phoenix stammten. Obwohl in Arizona keine Helmpflicht herrschte, trugen sie allesamt Helme – bis auf den Phoenix-Angel. Der war überhaupt ein Minimalist: Er trug nur ein baumwollenes Hemd unter der Kutte, hatte keinerlei Gepäck bei sich, dafür aber eine Taschenlampe auf den Sitz hinter sich geschnallt sowie eine Tageslichtbrille. Ein Aufkleber „Not guilty by association" klebte am Seitendeckel. „Nicht schuldig aufgrund der Zugehörigkeit" – ein klares Statement. Dafür hatte er einen echt grimmigen Blick drauf. Scheinbar gehörte er zur alten Garde, ich schätzte sein Alter auf knapp 60. Er hatte eine Bandana um die Stirn, ein Tuch vor dem Mund und dazwischen eine große schwarze Sonnenbrille platziert, was ihm das Aussehen eines Bankräubers verschaffte.

Sie alle fuhren Harleys, was nicht mehr so selbstverständlich ist, seitdem Angels-Ikone Sonny Barger die Marke gewechselt hat und nach über 40 Jahren Harley-Davidson seit nunmehr 2008 eine Victory fährt. Immerhin auch eine amerikanische Marke, Patrioten sind sie, egal, wie sehr sie ihr eigener Staat auch bekämpfen mag. Die Maschinen, die die Angels und ihr Anhang fuhren, hatten fast allesamt eine kleine Kanzel am Lenker. Das schien wieder „in" zu sein. Big Mike fuhr eine Road Glide, die eine feststehende Kanzel hatte, aus der ein Doppelscheinwerfer lugte. Zwei Koffer hintendran und fertig war der in Amerika so populäre Bagger-Look.

Nun war es so weit, raus aus der Tankstelle, rauf auf die Auffahrt zur Interstate I 10, kurz sortiert und fertig war das Pack. Vorn natürlich Big Mike als Leader, dane-

Einsame, karge Landschaften prägen das Bild Arizonas zu großen Teilen.

ben sein Bruder aus dem Tucson-Charter. Ungewöhnlich: Am Schluss der Formation fuhr wieder ein Angel mit Vollcolour, nämlich der grimmige Member aus Phoenix. Also folgten in der zweiten Reihe die beiden Hangarounds, dann der Supporter und ich als Gast. In Amerika ist mir eine Besonderheit aufgefallen. Wenn hier ein Pack losfährt, dann aber richtig. Vollgas ist angesagt, Baby! Auf englisch: Full Throttle. Start an einer Ampel – Full Throttle! Raus aus einer Einfahrt – Full Speed! Rauf auf die Interstate – Hahn auf! Das hat nichts zu tun mit dem kultivierten Gasgeben und maßvollen Beschleunigen einer hobbymäßig ausfahrenden Freundesgruppe in deutschen Landen. Hier heißt es: Wir sind jetzt da – und das laut, direkt und brutal. Ist, glaube ich, so 'ne Bikermasche.

Und es erzeugte ein Geräusch, das Tote erweckt. Niemals zuvor hörte ich einen solchen Sound. Er ist nahezu unbeschreiblich, vielleicht vergleichbar mit dem Donnern, das einer jener riesigen Güterzüge erzeugt, die mit mehr als einhundert Waggons und vier Lokomotiven durch die Weiten des amerikanischen Kontinents ziehen. Habt ihr jemals einen jener Giganten gesehen? Wer im Südwesten unterwegs war, in Kingman, Las Vegas, Tucson, Seligman, Barstow, eigentlich in fast jeder Klitsche bis runter nach LA, der ist unweigerlich auf die ratternden Riesen gestoßen, auf deren durchdringendes Geheul, wenn das gewaltige Horn den herannahenden Tross ankündigt. Wenn man sich nun vorstellt, dass man einem jener Giganten ganz nahe kommt, vielleicht an einer Schranke, und die volle Lärmdröhnung ungefiltert abbekommt, dann kann man sich in etwa vorstellen, wie das Geräusch eines halben Dutzends mit Vollgas davonbrausender und des zumeist jeglichen Schallschutzes beraubter Harleys klingen muss. Oder stellt euch ein Gewitter vor, wenn es richtig laut grollt und donnert. Das als Dauergeräusch – so klingt ein Pack, wenn es beschleunigt. Aber eigentlich kann man es nicht vergleichen. Die Harleys klingen schöner. Full Throttle!

Die Faszination hält einen gefangen. Die Eindrücke entfalten volle Wirkung: die Sonne, die weiten Landschaften, die Geräusche. Und da ist natürlich der Fakt, dass du aufgenommen wurdest in diese Gemeinschaft. Sie ist zwar nur klein, aber sie ist stark. Du kennst die Männer kaum, aber sie geben dir etwas. Sie vertrauen dir, zumindest so weit, dass sie dich in ihrer Mitte fahren lassen. Sie bringen dir Sympathie entgegen, nicht, weil du sie vielleicht mit schönen Worten bezaubern konntest – dazu wäre mein Englisch auch zu schlecht. Nein, sie tun all das, weil einer ihrer Brüder dir vertraut und dich eingeladen hat. Dein Freund ist mein Freund, und mit den Feinden steht es ebenso.

Eine einfache Welt. Zumeist jedenfalls. Aber wehe, es kommt etwas Störendes dazwischen. Dann kann alles auch ganz anders laufen. Dann ist Schluss mit lustig. Das geschieht zumeist, wenn jemand die Regeln, die sich der Club gegeben hat, nicht einhält, wenn persönliche Zwiste Freundschaften zerbrechen lassen. Dann wird der eine oder andere zur Belastung, dann ändern sich Dinge, dann sind Brüder manchmal keine Verwandten mehr. Das passiert, weil auch Einprozenter nur Menschen sind, weil sie Fehler und Schwächen haben, und weil Versprechen manchmal nicht so lange halten, wie sie hätten sollen.

All das ging mir durch den Kopf, während der Fahrtwind mich hin und her schüttelte. An den Fahrstil der Angels hatte ich mich inzwischen gewöhnt, aber leicht war es mir nicht gefallen. Das Rad-an-Rad-Fahren widerspricht jeglicher Logik, jedem Sicherheitsgefühl, aller Erfahrung. Aber es hatte eine starke emotionale Komponente, das spürte ich mit jeder Faser. Und es beeindruckte mich. Wen könnte das auch kalt lassen? Allerdings muss man bei dieser Art des Fahrens auf ziemlich viel verzichten. Auf vieles, was die Faszination des Motorradfahrens ausmacht. Die Landschaft anschauen zum Beispiel. Vergiss es, Bruder! Du wirst keinen Millimeter von irgendwelchen Bergen, Wäldern oder Schluchten sehen, keine alten Minen, Saloons oder andere Sehenswürdigkeiten. Du wirst nicht mitbekommen, ob am Horizont gerade eine Gewitterwand aufzieht oder ob dir 100 Cops hinterherjagen. Nothing, no chance! Denn du hast deinen Blick tunlichst geradeaus auf deinen Vordermann zu richten, der gerade mal anderthalb Meter vor dir dahinjagt, mit mindestens 160 Sachen, obwohl nur 120 erlaubt sind, und ihn auch gefälligst dort zu behalten, falls er mal langsamer wird oder die Gashand auch nur eine Sekunde vom Lenker nimmt. Dann nämlich, Bruder, hast du genau das Gleiche zu tun. Denn wenn du es nicht schaffst, wirst du deinen Vordermann gnadenlos wegputzen und das Pack in die Katastrophe reiten. Oder wenn du zu spät reagierst und es trotzdem noch irgendwie schaffst zu bremsen, dann hat der Mann hinter dir fast keine Chance mehr, es dir gleichzutun, und er wird beste Möglichkeiten haben, seinem Club gleich mehrere Schäden zuzufügen. Zu den Verletzten oder Toten kommen die zerstörten Motorräder und, vielleicht das Schlimmste, der Spott anderer Clubs. Oder das Mitleid. Auf beides reagieren Einprozenter allergisch.

Naja, jedenfalls sah ich nicht viel von der Strecke. Solange wir geradeaus fuhren, war das auch kein Problem. Nicht, dass es mich gekratzt hätte, als die Interstate kurz nach Phoenix recht steil anstieg und die Berge der New River Mountains erklomm. Die Landschaft war nicht übermäßig überwältigend, die Büsche gab es ja hier überall und die Kakteen beeindruckten mich nicht mehr so wie am Anfang, als ich sie zum ersten Mal sah. Aber es begann nach 200 Kilometern schon ein wenig zu stören, dass man ausschließlich in seinem eigenen Tunnelblick gefangen war. Zudem begannen nun auch die Kurven. In den Bergen geht es niemals kerzengerade voran, da macht auch die großzügigste amerikanische Interstate keine Ausnahme. Aber auch die Angels gedachten nicht, eine Ausnahme zu machen

und etwa das Tempo zu drosseln. Die 160 Sachen wurden stur beibehalten, auf Teufel komm raus wurde der Berg erklommen. Mir wurde es in meiner linken Spur abwechselnd heiß und kalt. Neben mir der Supporter, der wie ein Wahnsinniger fuhr und keinen Zentimeter von meiner Seite wich. Und hinter mir hatte ich den Teufel im Genick. Da drückte der Phoenix-Angel im Bankräuber-Style aufs Tempo. Wenn ich es doch einmal schaffte, für den Bruchteil einer Sekunde in den Rückspiegel zu linsen, dann sah ich ihn ganz nah, aufgefahren bis auf einen Meter, bereit, jede Lücke zu schließen, die sich vielleicht auftun würde. Ich konnte seine Augen nicht sehen, denn sie wurden durch die Sonnenbrille verdeckt, und auch die Regung seines Gesichtes, falls es denn eine zeigte, blieb mir verborgen, denn da war noch immer das Tuch, das er sich bis über die Nase gezogen hatte. Aber manchmal meinte ich, ein teuflisches Grinsen wahrzunehmen, obwohl das durch die Vermummung natürlich gar nicht möglich war.

Gas wegnehmen ging also nicht, ausweichen auch nicht. Gleich neben meinem Reifen, nur wenige Zentimeter entfernt, endete der Asphalt der Interstate. Ich fuhr buchstäblich auf dem Randstreifen. Und daneben, ohne die geringste Chance zum Ausweg, ein vielleicht ein Meter breiter Streifen unbefestigter Rand mit Unkraut und Steinen und Dreck und irgendwelchem weggeworfenem Unrat. Gleich darauf ging es steil abwärts. Ist nun klar, warum die Landschaft eine untergeordnete Rolle spielt?

Nach mehreren starken Adrenalin-Schüben waren wir auf der Hochebene von Arizona angekommen und die Interstate ging wieder in eine lange Gerade über. In kerzengerader Ausrichtung führte sie uns di-

Harleys vor dem Schrottplatz - eine Steilvorlage für Zyniker.

rekt in Richtung Norden. Als sich die Nerven gerade wieder beruhigt hatten, hob Big Mike den linken Arm und die ganze Meute schwenkte wie auf Kommando nach rechts. Wir verließen die Interstate und nahmen den letzten Teil der Strecke unter die Räder.

An der Cordes Junction bogen wir auf den Highway 69, und an Spring Valley und Mayer vorbei donnerten wir die kerzengerade vierspurige Nebenstraße entlang unserem Ziel entgegen. Prescott wurde großräumig umfahren, kurz darauf bogen wir auf die 89 Richtung Norden. Vor Jahren war ich diese Strecke schon einmal in umgekehrter Richtung gefahren, als ich von der Route 66 von Seligman kam und nach New Mexiko fuhr. Ich erkannte einiges wieder, sogar die Tankstelle, an der wir damals Rast gemacht hatten. Irgendwo in Chino Valley verließen wir die Hauptstraße und gelangten ins Hinterland. Karg war es hier, nur einige vereinzelte Häuser standen weit verstreut zwischen dem gelben dürren Gras und den verdorrten Sträuchern. Der Asphalt war längst einer ruppigen Schotterpiste gewichen, Steine knallten an Schienbeine und Fender. Es dauerte nicht lange, da tauchte in der Ferne eine alleinstehende Holzhütte auf, neben der sich ein Autofriedhof ausbreitete. Hunderte rostige Straßenkreuzer und Karossen neueren Baujahres standen fein säuberlich ausgerichtet nebeneinander, Hunderte Meter lang. Ein Drahtzaun umschloss das Areal. Daneben eine Bar im Nirgendwo, eine Oase in der Wüste! Es standen schon etliche Motorräder um die Bar verteilt, und wir parkten daneben. Wir gingen zu einem Zelt, das zum Schutz gegen die Sonne aufgebaut worden war. Immerhin hatten wir schon wieder über 30 Grad, obwohl es noch früh im Jahr war. Etliche Hells Angels waren damit beschäftigt, alles herzurichten.

Der Boxring war schon aufgebaut, einige alte Holzbänke waren zusammengetragen worden und standen um das Podest herum. Dazu gab es einige alte Plastikstühle. Rotweißes Absperrband war weiträumig um den Ring gespannt, und dort, wo ein freier Platz gelassen worden war, stand das Zelt zum Schutz gegen die Sonne. Darunter saßen zwei Angels, die den Eintritt von zehn Dollar kassierten und Supportartikel zum Kauf anboten. Wir begrüßten alle Anwesenden, wobei niemanden zu überraschen schien, dass ein Reporter aus Deutschland im Tross dabei war.

Der Vice President, ein junger Kerl mit sympathischem Lachen, sah seinem vielleicht vierjährigen Sohn dabei zu, wie der einen mindestens einen Kopf Größeren mit den viel zu großen Boxhandschuhen ein ums andere Mal attackierte und dieser, mehr durch umschubsen als durch eine Schlagwirkung, immer wieder zu Boden ging. Herrlich unbeholfen sah das aus, und wie der Kleinere etwas ratlos vor seinem „Opfer" stand und die riesigen Handschuhe in die Hüften stemmte, ließ die Anwesenden unwillkürlich schmunzeln. Im Inneren der Bar tranken einige Männer ihr Bier. Sie waren in „Zivil" oder gehörten keinem Club an, trugen aber die Bikerkluft mit der unvermeidlichen Kutte, der Bandana auf dem Kopf und den obligatorischen Tattoos. An einem Billardtisch spielte ein Hells Angel mit einem anderen Mann eine Partie Poolbillard, dichter Zigarettenqualm hing in der Luft. Unter das Gläserklirren und das rege Gemurmel hatten sich die Klänge einer Jukebox gemischt, Johnny Cash dudelte. Ein Bild wie aus der Werbung, dachte ich, und bestellte mir ein Coors. Das dünne Ami-Bier erfrischte immerhin, denn es war wenigstens eiskalt – immer und überall. Anders hatte ich es noch niemals erlebt, in all der Zeit nicht, die ich hier verbracht habe.

In der Zwischenzeit kündigte sattes Wummern von Motoren immer wieder neu ankommende Biker an. Neben etlichen Free-Bikern kamen nun auch die Clubs. Zuerst trafen die „Rolling Knights" ein, die viele Schwarze in ihren Reihen haben, und bei denen auch Frauen willkommen sind, dann die „Hooligans", „Desert Thunder" ebenso wie „All Brothers" oder die „Sober Riders" und der „Loners MC". Aber auch die „Leathernecks" waren da, wirklich riesige, durchtrainierte Typen, denen man ihre Spezialausbildung von Weitem ansah. Die standen alle noch voll im Saft, da war kein lahmer Sack dabei.

Dann aber traute ich meinen Augen nicht. Ein paar Typen schoben sich durch die Menge, finster, böse, angespannt. Ich weiß nicht, ob ihr das kennt, diese Situationen, wenn das Bösartige regelrecht in der Luft liegt und man meint, den Ärger fast greifen zu können. So kam es mir in dieser Sekunde vor. Aber die Neuankömmlinge wurden gegrüßt, niemand schien sich Stress zu machen wegen ihnen, also hatte ich mich wohl getäuscht. Aber vielleicht lag es auch einfach daran, dass der Mensch nun mal auf visuelle Reize anspricht.

Auf den Kutten der Name des Clubs: „Sons of Aesir". Als Centerpatch eine nordische Gottheit, Odin oder Wotan, und daneben zwei fette SS-Runen. Und während ich noch rätselte, ob das nur wieder ein typisch deutscher Reflex von mir war oder ob die Jungs dort eher zur hartgesottenen Sorte gehörten, entdeckte ich die Aufschrift auf den Ärmeln ihrer Shirts: „White Pride – world wide". Das waren lupenreine Arier, oder jedenfalls, was sie dafür hielten. Sie steuerten auf meinen Platz zu, auf den ich mich begeben hatte, weil man von dort die beste Übersicht über das Gelände hatte und die Boxkämpfe sehr gut verfolgen würde können. Rechts von mir ließen sie sich nieder und hielten Hof. So konnte ich sie aus nächster Nähe beobachten.

Einige von ihnen schienen tatsächlich einem alten Nazifilm entsprungen. Blaue Augen, blonde Haare, ernster Habitus. Bei einem von ihnen blieb mein Blick hängen. Ich wusste erst nicht, was es war, aber dann wurde es mir klar: Es waren die Augen! Einen so eiskalten Blick hatte ich noch nie zuvor gesehen. Er hatte einen stechenden, eiskalten und völlig ausdruckslosen Blick. Aber das böse Bild hielt nicht lange. Es wurde unter den Männern auch gescherzt und gelacht, und es gab auch einige, die wesentlich sympathischer wirkten als der Kaltäugige. Es gab ein paar Frauen, die Support-Shirts mit den großen Runen trugen. Aber alles in allem blieb mir das suspekt. Schließlich wechselte ich einige Worte mit einem von ihnen, der aussah wie ein ganz normaler Biker: Kinnbart, so um die 60 Jahre alt, einige Lachfalten um die Augen. Ich fragte einfach, was der Clubname bedeutete, denn darauf bekommt man fast immer eine seriöse Antwort. Er erklärte mir kurz und knapp, dass dies aus dem nordischen Glauben abstamme, und dass sie die weiße Rasse supporten würden. Er fragte mich, woher ich kommen würde, und als er die Worte „Deutschland“ und „Reporter“ hörte, zögerte er zunächst. Dann fügte er hinzu, dass sein Club allerdings illegale und kriminelle Aktionen ablehne, und dass sie Rassismus und Hass nicht unterstützen würden. Schnell wies er mich auf einen Kämpfer hin, der, mit einem T-Shirt mit großen SS-Runen bekleidet, nun in den Ring kletterte, und widmete sich wieder seinen Brüdern, die ihren Supporter da unten kräftig anfeuerten. Ein späterer Blick auf die Website der „Sons“ zeigte Hakenkreuzfahnen im Clubhaus und eindeutige Zeichen für die Ausrichtung dieses Clubs. Auf einem Flyer für eine Party trägt eine großbrüstige Dame das Koppel mit Reichsadler und Hakenkreuz sowie eine Hakenkreuzbinde am Arm. Als „Aesir“ bezeichnet man in der Mythologie ein nordisches Göttergeschlecht, das als herrschend und kriegerisch beschrieben wurde. Nun ja, die Jungs haben jedenfalls Fantasie. Im Chino Valley traten sie friedlich auf. Ihr Kämpfer unten im Ring bildete da keine Ausnahme.

Big Mike und Sonny Barger begrüßen sich beim Boxkampf.

Der „Chief“ kommt: Sonny Barger (vorn) mit dem Cave-Creek-Charter im Anmarsch.

Irgendwann war auch der „Chief“ aufgetaucht. So nennen Sonny Barger die meisten Member der Angels noch heute, auch wenn er kein Amt und keine Aufgaben mehr hat. Er kam standesgemäß, gemeinsam im Pack mit seinen Brüdern aus Cave Creek. Als die etwa 12, 14 Maschinen da drüben auf dem staubigen Weg in einer Wolke aus Dreck dahin rumpelten, konnte ich Sonny erst gar nicht entdecken, wobei ich auch nicht sicher sein konnte, dass er überhaupt dabei war. Doch dann, irgendwo an fünfter oder sechster Stelle, sah ich ihn. Oder besser gesagt: Ich erkannte sein Motorrad. Wer sonst fährt eine dicke Victory inmitten der dominanten Harley-Kolonnen? Das riesige Gefährt und der nicht eben großgewachsene Vorzeige-Engel bildeten einen ungewöhnlichen Kontrast. Die schwarze Victory schien fest verbunden mit ihrem Fahrer, der durch seine schwarze Kutte und den schwarzen Vollhelm beinahe unsichtbar wirkte. Die Motorräder schwenkten auf den Weg zur Bar ein und kamen an der rückseitigen Wand des Hauses zum Stehen. Obwohl fast alle Parkplätze schon dicht belegt waren, hatte sich an jener Stelle auf wundersame Art ein freier Platz erhalten, auf dem niemand geparkt hatte. Ob das an dem an der Ecke stehenden Hangaround lag, der dort einen schattigen Platz suchte, oder ein ungeschriebenes Ritual war – ich konnte es nicht sagen. Jedenfalls hatten Sonny und seine Jungs genügend Platz, ihre Bikes dort ohne Mühe und großes Rangieren bequem abzustellen.

Sonny stieg langsam ab, straffte sich und zog seine Kleidung glatt. Er zog alles zurecht, was sich während der Fahrt ver-

Es steht ein Ring im Nirgendwo ... Boxring im Chino Valley.

Noch ist es nur Spaß: Junior Prospect und sein Gegner beim Sparring.

schoben hatte und musste gleich die ersten Leute begrüßen, die ihn auf den Rücken oder die Schulter schlugen. Da hatte er noch nicht einmal seinen Helm abgesetzt. Als er das endlich geschafft hatte, verwickelte ihn ein Member seines Charters in ein längeres und, wie es schien, wichtiges Gespräch. Beide sprachen aufeinander ein, manchmal wiegte der „Chief" zweifelnd den Kopf, manchmal schien er seine Stirn in Falten zu legen. Nach einer Weile schließlich zog er den jungen Member an sich, tätschelte ihm den Rücken und ging weiter in Richtung Bartür. Nun ging es aber erst mal richtig los, denn von nun an konnte er keinen einzigen Meter weit gehen, ohne dass er angesprochen wurde oder jemanden begrüßen musste, der ihm die Hand hinhielt. Und das waren allesamt keine Clubmember, sondern entweder Mitglieder anderer Clubs oder freie Biker ohne Clubzugehörigkeit. Zwei Männer waren ständig um ihn und passten genau auf, dass niemand zu aufdringlich wurde, was aber niemals geschah. Sonny hatte Zeit für jedermann, posierte hier für ein Foto, schrieb ein Autogramm dort und schüttelte viele Hände. Seine Clubbrüder bekamen den obligatorischen Rückenklopfer, wobei sich beide Männer nebeneinanderschoben, sodass sie Hüfte an Hüfte zum Stehen kamen und sich dann gegenseitig mit den Händen auf den Rücken schlugen. Je nach Begeisterung oder Laune geschah das mehr oder weniger heftig. Wenn man

Sonny hat keine Berührungsängste. Im Gegenteil: Viele Biker von anderen Clubs pflegen Kontakt.

Genauer Beobachter am Ring: Hells Angel von gastgebenden Yavapai-Charter.

sich lange nicht gesehen hat, gehört auch ein kräftiges Drücken dazu, und ganz herzliche Gemüter drücken sich auch schon mal einen Kuss auf die Wangen. Das kam bei Sonny an jenem Tag aber nicht vor.

Als er sich endlich langsam bis zur Saloon-Tür vorgeschoben hatte, schien Sonny aufzuatmen. Es war heiß, der Ritt war zwar nicht lang, aber doch anstrengend gewesen. Das Stück auf dem Interstate 17 vom Cave-Creek-Clubhaus bis zum Abzweig der 69 war meist sehr belebt und befahren, man kam nicht so richtig voran, weil viele Trucks die Steigungen blockierten. Man musste also sehr konzentriert sein. Sonny betrat nun die Bar, wurde aber gleich in den hinteren Bereich geführt, wo schon einige 81er saßen. Dort erfrischte man sich zunächst und stärkte sich mit einem herzhaften Burger. Sonny scherzte und lachte mit den Männern, und nachdem er ausreichend erfrischt war, betrat er die Arena. Dies geschah bemerkenswert still und unspektakulär, und da gerade ein interessanter Kampf lief, bemerkte ihn fast niemand. Natürlich fand sich sofort ein Stuhl am besten Platz im Schatten und als Sonny saß, fesselte ihn zunächst sein Telefon mehr als der Kampf. Er tippte angestrengt irgendwelche Nachrichten, was eine Weile dauerte, und widmete sich dann endlich dem Treiben der Boxer.

Das Geschehen im Ring schwankte zwischen Belustigung und blutigem Ernst. Nur die wenigsten Kämpfer konnten scheinbar auf eine solide Ausbildung verweisen und noch weniger auf ein halbwegs brauchbares Niveau. Eine Ausnahme bildeten zwei junge Nachwuchskämpfer mit Rastalocken, von denen sich später einer – wie überhaupt etliche der Anwesenden – als Mitwirkender in Sonnys Film „Death in Five Heartbeats" entpuppte. Sie boten einen unterhaltsamen Kampf, angefeuert von ihrem Trainer, der gleichzeitig als Ringrichter fungierte. Er kommentierte engagiert, wenn einem seiner Jungs im Ring eine gute Aktion gelungen war, und gab auch taktische Anweisungen. „Linker Haken!" gab er dem Boxer mit den längeren Rastas mit, während er dessen Kontrahent wenig später empfahl, die Führhand besser einzusetzen. Es gab noch ein, zwei weitere Kämpfe mit gut ausgebildeten Boxern, aber dann fiel das Niveau doch dramatisch ab. Was sich später den rund 300 Anwesenden bot, war schlicht Rummelboxen. Zwei Kämpfer hatten sich bereits nach der ersten Runde derart verausgabt, dass sie beide taumelnd im Seil hingen, einige Meter voneinander entfernt, und nach Luft japsten. Der Gong rettete die Situation, die derart grotesk war, dass der Ringrichter erst gar nicht wusste, was er tun sollte. Abbrechen ging nicht, weil es dann keinen Sieger gegeben hätte. Also wartete man gespannt, was wohl nach der Pause geschehen würde. Und tatsächlich gab es eine Entscheidung, denn der Boxer aus der weißen Ecke brach als erster zusammen. Ohne Feindeinwirkung, nach etwa 30 Sekunden in der zweiten Runde, taumelte er plötzlich und sackte auf die Knie. Sein Gegner tat das einzig Richtige und hieb ihm mit letzter Kraft nochmal anständig auf den Kopf, sodass keinerlei Zweifel auftauchten, wer hier zuerst am Ende war. Auch ein älterer Member eines der anwesenden Clubs wollte es scheinbar nochmal wissen und machte sich mit viel Tamtam auf in den Ring. Eine Minute später küsste auch er den Ringboden und stand nicht wieder auf. Trotzdem spendete ihm die Menge freundlichen Beifall und seine Brüder zollten ihm Respekt. Die ganze Szene

Rasanter, wenn auch manchmal unorthodoxer Kampf unter freiem Himmel.

Ringrichter und Veranstalter geben sich die Ehre zum gemeinsamen Foto.

Hochkonzentriert und auf sein Ziel fixiert: Gleich kommt der Angriff.

hatte etwas Unwirkliches. Der Kampfplatz mitten in der Steppe, im Nirgendwo, zwischen Schrottplatz und kargen Hügelketten, die verschiedenen Clubs, die vielen Hells Angels, die Motorräder. Eine entspannte und lockere Atmosphäre herrschte, und niemals hätte man es für möglich gehalten, dass auf dieser Versammlung von Männern eine so gewaltige Hypothek lastete, nämlich die der bedingungslosen Vorverurteilung, der Stigmatisierung und der Verdrängung. Zwar scheint man in den Vereinigten Staaten zumindest nach außen hin bedeutend weniger aufgeregt zu sein, doch die Regierung lässt keinen Zweifel daran, wo man den Feind vermutet. Zivile Gesetzeshüter, von welcher Behörde genau bleibt natürlich unklar, waren immer wieder bei den diversen Anlässen zu sehen. Sagten jedenfalls die Biker selbst. Mir war es nicht möglich zu sehen, was die Biker sahen, denn ich kenne die Zeichen nicht, an denen sie zivile Bullen erkennen. Aber immer wieder hieß es, hast du dieses oder jenes Auto gesehen, das waren die Cops. In den USA wird eine andere Taktik verfolgt. Dort stehen keine bis an die Zähne bewaffneten Spezialeinheiten vor dem Clubhaus, um die Besucher zu filzen und auf Betäubungsmittel zu untersuchen, was in Wirklichkeit wahrscheinlich allein der Beruhigung der Bevölkerung dient und mitunter wahlkampf-taktische Hintergründe hat. Wie sagte eine deutsche Polizistin mir, als ich mich bei einer dieser Kontrollen erregte, weil sie meine Brieftasche anfingen auszupacken, sogar die Visitenkarten lesen wollten und ich die Erfolglosigkeit der Einsätze in den letzten drei Jahren anprangerte? „Sie wissen doch, dass das sehr öffentlichkeitswirksam ist", sagte die junge Dame, die aber schnell hinzufügte, dass dies eine private Meinung sei, als ich sie fragte, ob diese Aussage zitierfähig wäre. Immerhin, sie hatte eine Meinung, was darauf schließen ließ, was man ohnehin vermuten muss. Nicht jeder Polizist, der dort seinen vermeintlich sinnvollen Dienst tut, glaubt der Begründung für derartige Einsätze. Wie auch, wenn das öffentliche Bild plötzlich gar nicht mehr stimmt, weil die so gescholtenen Rocker höflich und beherrscht auftreten, weil noch nie nennenswerte Dinge an Eingängen zu Clubhäusern gefunden wurden, wenn vor Partys kontrolliert wurde, und weil es betrunkene oder bekiffte Rocker nur selten zu sehen gibt – jedenfalls außerhalb der Clubhäuser?

In den USA geht es anders zu. Ein Hells Angel aus Kalifornien erzählte, wie er nach Reisen ins Ausland in seinem eigenen Land empfangen wird. Regelmäßig wird er in Hinterzimmer „gebeten" und dort einer gründlichen Untersuchung unterzogen. Die Behörden dürfen dabei sogar Festplatten kopieren und elektronische Geräte zum Zwecke näherer Untersuchungen für eine gewisse Zeit einziehen. Laptop, Tablet und andere derartige Geräte sind für ihn seither tabu auf Reisen. Wenn man sich das auf der Zunge zergehen lässt, muss man sich über nichts mehr wirklich wundern. 9/11 und seine Folgen sind allgegenwärtig und haben zu einer verschärften Gesetzeslage geführt. Und die Wetten laufen bereits, wann auch diese Gesetze in Deutschland greifen, hat man doch hierzulande bislang fast alle Sitten und Unsitten aus den Staaten bereitwillig kopiert. Einreiseverbote für

Begrüßung unter Bikern – und alle schauen zu …

Pause im Ring – und ein skeptischer Blick der Betreuer. Wird es reichen?

Hells-Angels-Member in die USA sind seit Jahren existent, sodass es keine World Runs mehr auf US-amerikanischem Boden gibt. Ausländische Mitglieder des Clubs erhalten kein Visum mehr beziehungsweise keine ESTA, die Vorstufe zur Einreiseerlaubnis. Es wird erzählt, dass das FBI in fremden Ländern den Ton angibt, wenn es internationale Veranstaltungen des Clubs gibt. Beim World Run in Österreich wurden angeblich sämtliche Planungen der dortigen Sicherheitsbehörden über den Haufen geworfen, nachdem die amerikanische Bundespolizei die Maßnahmen als „nicht ausreichend" befunden hatte. Und so standen letzten Endes doch die Männer der Spezialeinheit „Cobra" mit schwarzen Sturmhauben und schussbereiten Maschinenpistolen an den Zufahrtstraßen und kontrollierten alle Auto- und Motorradfahrer, die sich dem Festgelände näherten. Gewiss gibt es Gründe, sich den einen oder anderen Club genauer anzuschauen, da muss man nichts verharmlosen oder bestreiten. Nachweislich gibt es kriminelle Energie und bewiesene Straftaten, wofür die Betreffenden auch büßen müssen. Aber diese fast schon fanatische Verfolgung des Clubs hat beinahe manische Züge angenommen, dies- und jenseits des Atlantiks. Der permanente Generalverdacht, dem die Mitglieder ausgesetzt sind, die vorauseilende Kriminalisierung und damit einhergehende Vorverurteilung haben für eine weitere Abschottung gesorgt. Und trotzdem existiert dieser Club nach wie vor, im Frühjahr 2013 feierte das Charter San Bernardino sein 65. Jubiläum. Nach wie vor gibt es Zulauf, nach wie vor reizt es immer wieder Menschen, diesen kompromisslosen und harten Lifestyle zu leben und den Weg eines Hells Angels zu gehen. Und, zumindest in den USA gilt diese Feststellung, genießt der Club eine offen zur Schau gestellte Wertschätzung seitens bedeutender Kreise der Bevölkerung. Ein Chuck Zito oder Sonny Barger haben die Hände von vielen Persönlichkeiten geschüttelt, und man weiß nicht, wer darauf stolzer war: Die Outlaws oder die Stützen der Gesellschaft wie Bill Clinton, Arnold Schwarzenegger, Sylvester Stallone, Pamela Anderson, Chuck Norris, Al Pacino und Charly Sheen … Und in wie vielen Häusern man Fotos findet, auf denen der Hausherr mit einem der Heroes des Clubs abgebildet zu sehen ist, ist natürlich unbekannt. Die Anzahl aber wird nicht unbedeutend sein.

Inzwischen waren die Kämpfe beendet. Überall wurde zusammengepackt. In einer Ecke war ein völlig erschöpfter Boxer zusammengerutscht und suchte Erholung. Der Vice President des gastgebenden Yavapai-Charters trat hinzu und versuchte zu helfen. Er kümmerte sich rührend um den Geschlagenen, brachte ihm etwas Kühles zu trinken und spendete ihm Trost. In der Zwischenzeit bauten vier offensichtlich über Sechzigjährige, die alle das Vollcolour der Angels trugen, das Zelt am Eingangsbereich ab. Vier altgediente Member verschwendeten keine Sekunde daran, einen ihrer Prospects zu suchen, die zweifellos irgendwo schwer beschäftigt waren, und denen diese Arbeit aufzuhalsen. Es schien die größte Selbstverständlichkeit zu sein, sogar der President und der Treasurer waren dabei. Diese kleine Szene zeigte, wie wenig sich hier die Dinge vom Ursprung entfernt

Im Saloon.

Nach dem Kampf.

haben. Natürlich werden die allermeisten Member nichts dabei finden, selbst mit anzupacken, aber jeder weiß doch, wie oft die einfachen und banalen Tätigkeiten auf Hänger und Prospects abgewälzt werden. Natürlich ist der Weg schwer und steinig, bis das Voll-Colour als Lohn winkt, aber ob der künftige Bruder, der ausschließlich für niederste Tätigkeiten und als Dienstbote genutzt wird, auf diese Weise beweisen kann, dass er seinen Mann stehen kann, scheint fraglich. Aber es gibt ja genügend Gegenbeispiele, sodass sich die Einstellung zu derartigen Dingen wohl die Waage hält. Die Yavapai-Angels jedenfalls schienen sich nicht allzu lange mit derartigen Fragen zu quälen, sondern packten einfach selber an und hatten innerhalb weniger Minuten alles abgebaut und eingepackt. Sonny war inzwischen verschwunden, er hatte mit kleiner Eskorte von den meisten unbemerkt den Heimweg angetreten. Die Fahrt zurück verlief auch für mich entspannter, was wohl daran lag, dass unser „Bankräuber" dieses Mal nicht mitfuhr und somit kein allzu strenges Auge über die Disziplin im Pack wachte. So konnte ich mich an den etwas brenzligeren Stellen leicht zurückfallen lassen, um mehr Platz für etwaige Ausweichmanöver zu haben. Ich weiß, ich bin ein Weichei. Und es soll noch mal jemand was gegen die Fahrkünste der Einprozenter sagen …

Nachricht an daheim.

ALMA MC

Ursprünglich gegründet als Club für Latinos, jetzt für alle offen: ALMA MC.

An der kalifornischen Grenze. Staub lag in der Luft, und ein heftiger Wind blies uns den Dreck um die Ohren. Etwa 150 Meilen entfernt von Phoenix machten wir Halt an einer Tankstelle. Quiznos Sandwich Restaurant, direkt an der Interstate 10: Der letzte Stopp vor der Grenzlinie. Wir rollten an die Tanke, ließen die Maschinen ausrollen und füllten Benzin nach. Der Wind schlug nach uns, sogar an dieser geschützten Stelle. Bloody Bob und Slick Rick teilten sich eine Säule, und während der eine tankte, ging der andere schon mal hinein, um einige Getränke zu besorgen. Am Truck stärkten sich einige andere Biker mit den mitgebrachten Burritos. Es herrschte eine gelöste Stimmung – trotz des traurigen Anlasses. Denn der ALMA MC Phoenix war unterwegs zu einer Beerdigung nach Los Angeles.

Kennengelernt hatte ich die Jungs ein Jahr zuvor im Rahmen einer Reportage, als mich Johnny Angel zu einem Besuch ins ALMA-Clubhaus mitnahm. Wir hatten seinerzeit nicht viel Zeit, nach einer Stunde und ein paar Fotos fuhren wir wieder. Das Interview und das große Foto weckten in Deutschland Interesse am Club, und President T-Bird war begeistert, als ich ihm die Kopie des Artikels schickte. Seither standen wir in Verbindung, und als ich die erste freie Minute hatte, begab ich mich natürlich ins Clubhaus, um zum Open House am Freitagabend Hallo zu sagen.

Die Wiedersehensfreude war auf beiden Seiten groß, und so endete der Abend in einer Bierverkostung, denn die meist mexikanisch-stämmigen Member wollten doch mal wissen, was ein deutscher Biker so für Bier mag. Als wir vor dem großen Kühlschrank mit der Glasscheibe standen, nahm mir T-Bird erst mal die Corona-Flasche weg. „Das schmeckt doch nicht", verzog er das Gesicht. Er angelte eine Flasche Blue Moon aus dem Schrank: „Hier, probier das doch mal. Und was willst du als nächstes?" Dass ich nicht der typische deutsche Biertrinker bin, wollte er gar nicht verstehen, aber ich verzichtete darauf, ihn davon zu überzeugen und probierte die Biere durch. Egal, was auf der Flasche steht, es ist und bleibt doch meistens Leichtbier. Wenn sie kalt sind, kann man sie alle trinken, aber die Mengen, die man in sich hinein schütten muss, um einen kleinen Rausch zu bekommen, sind doch beträchtlich.

Und man muss andauernd aufs Klo. Ich blieb dann beim Samuel Adams Boston Lager hängen, das leicht süß und malzig schmeckte.

Das Clubhaus von ALMA Original befand sich fast in Downtown Phoenix in der Nähe der Kreuzung der beiden Interstates 17 und 10 inmitten eines Industriegebietes. Im Gegensatz zu deutschen Clubhäusern, die sich oft in Gebäuden befinden, die 100 und mehr Jahre auf dem Buckel haben, war die Halle, in der sich das ALMA-Clubhaus befand, höchstens 20, 30 Jahre alt. Sie grenzte links und rechts an weitere Hallen im gleichen Baustil. Der Club hatte sie gepachtet und war derzeit auf der Suche nach einem eigenen Clubhaus. Die großen Rolltore wurden einfach geöffnet, und so konnte man ungehindert hinein- und hinausspazieren. Draußen verpasste man nichts, denn man konnte die Musik hören und verfolgen, was drinnen auf der riesigen Leinwand zu sehen war. Dort liefen entweder das TV-Programm oder Musikvideos. Hinter der langen Bar standen die Prospects, die zum Dienst eingeteilt worden waren, und eine Menge Stehtische mit Barhockern gaben Gelegenheit, sich zusammenzusetzen und zu quatschen. Eine riesige Holzschnitzerei mit dem ALMA-Logo hing an einer Wand, ein Geschenk eines anderen Clubs. Auf einer großen Tafel wurde der verstorbenen Brüder gedacht, ihre Fotos sorgten dafür, dass sie immer präsent waren. Eine Eigenart ausnahmslos aller Clubs ist, auf würdige Art ihrer Toten zu gedenken. Das kann

Meeting vor der Abfahrt im Clubhaus von ALMA Westside.

man in jedem Clubhaus beobachten. Die Bandbreite reicht von eigens eingerichteten Räumen mit brennenden Kerzen bis hin zu elektronischen Helfern wie Flatscreens, auf denen die Bilder der Brüder in regelmäßigen Abständen wechselten. Oder eine Wand wurde ihnen gewidmet, an der Bilder der Verstorbenen hängen und so können sie symbolisch immer am Clubleben teilnehmen.

Wir hatten uns rund um einen der Stehtische gruppiert: T-Bird und Slick Rick, President und Vice des Clubs. Ihre Old Ladies waren ebenfalls anwesend, und so unterhielten wir uns schnell über ganz allgemeine Dinge wie das Wetter in Germany und ob bei uns die Ladies auch selber fahren. Später erfuhr ich, dass der Club, seit ich zum letzten Mal da war, eine rasante Entwicklung durchgemacht hatte. Neben dem „Original"-Chapter gab es nunmehr „Westside" und „Eastside" – allesamt in Phoenix angesiedelt. Diese Stadt ist einfach riesig und wird von den Einheimischen nicht umsonst „Das Monster" genannt. Einmal quer durch die Stadt zu fahren, bedeutet 80 Kilometer zurücklegen zu müssen. Das Ganze natürlich auch wieder zurück, wenn man einen Termin hat: Da ist klar, wieso die Amis im Jahr auf so viele Kilometer kommen! Die meisten jedenfalls …

Hinzu kommt das praktisch jederzeit gute Wetter, die gut ausgebauten Interstates und Highways – eine gute Gegend für Biker also. Nur, wenn es ab Mitte Mai so richtig heiß wird, ist das Auto mit Klimaanlage eine echte Alternative. 50 Grad und mehr sind absolut keine Seltenheit in Phoenix und Tucson, denn hier ist Wüstengebiet. Erst oberhalb von Phoenix in Richtung Flagstaff

Mobil für alle Fälle: Auch ein paar Trailer fuhren mit.

beginnen die kühlen Berge, die Linderung versprechen. Aber auch da ist man schnell mit dem Bike hingefahren. Paradiesische Zustände ...

Die drei Chapter jedenfalls bilden den Club, der einst nur Latinos in seine Reihen aufnahm. Später wurde diese Regel gekippt, weil man sich nicht selbst beschränken und guten Freunden verschließen wollte. Seither ist der Club offen für alle. Man supportet und bekennt sich zur 81er-Familie, hat beste Kontakte zu den Hells Angels. Johnny Angel sagte bei unserem Besuch im letzten Jahr, „er liebe seine Mexikaner", und President T-Bird pflegt einen engen Kontakt zum großen alten Mann der Angels. Besonders stolz sind sie im Club, dass Sonny Barger sie fragte, ob sie in seinem Film „Dead in Five Heartbeats" mitspielen wollten, der 2012 gedreht wurde. So kam es, dass irgendwann die Filmcrew im Clubhaus von ALMA Original aufschlug und dort von morgens bis nachts 4 Uhr drehte. Im Film sind dann auch die originalen Mitglieder bei einer Party zu sehen, und Hauptdarsteller „Patch" Kinkade diskutiert in einer Szene mit T-Bird und Slick Rick.

Bevor ich den cluboffenen Abend verließ, fragte mich T-Bird, ob ich in der kommenden Woche Lust hätte, mit dem Club nach Los Angeles zu fahren, denn sie hätten dort eine Beerdigung. Und so kam es, dass ich nun an der kalifornischen Grenze meinen dünnen Tankstellenkaffee schlürfte, den Wind verfluchte und zusah, wie sich die gesamte Delegation mit Helmen ausstaffierte. Im Gegensatz zu Arizona herrschte in Kalifornien Helmpflicht, und so musste man sich eben danach richten. Die Jungs sahen schon alle recht merkwürdig aus im ersten Moment, ganz ungewohnt, und auch ihnen fiel es sichtlich schwer, sich erst einmal an die ungewohnte Last zu gewöhnen.

Mit den Knarren ging es ähnlich. Ich weiß nicht, wer alles seine Pistole bei sich trug, aber ich hörte zu, als sich zwei Member darüber unterhielten, dass sie ihre Waffen nicht mitgenommen hätten, weil in Kalifornien eben andere Waffengesetze herrschten. In Arizona trug praktisch jeder Clubmember eine Pistole, wie sich nach und nach herausstellte.

Die Waffenregeln in Kalifornien hat mir mal ein Bekannter erklärt, der in San Francisco lebt. Kalifornien unterscheidet zwei Waffenvorschriften: Eine bestimmt, wann man eine Waffe versteckt führen darf (Conceiled Gun Law, CGL) und die andere bezieht sich auf geladene Waffen (Loaded Gun Law, LGL). Beide Gesetze wenden die Gerichte streng getrennt an: Wer zum Beispiel mit einem geladenen Revolver im Mantel in ein Regierungsgebäude marschiert, kriegt gleich zweimal einen auf den Deckel: Einmal wegen einer versteckten Waffe, und einmal wegen einer geladenen Waffe. „Geladen" heißt im juristischen Sinn dabei, dass die Munition sich in der Waffe befindet: Es reicht, dass das Magazin in der Pistole steckt, es spielt keine Rolle, ob die Waffe durchgeladen oder entsichert ist. Fast niemand darf in einer kalifornischen Großstadt mit einer unter der Kleidung verborgenen Waffe herumspazieren – nicht einmal, wenn sie nicht geladen ist. Wer damit erwischt wird (und nicht unter die nachfolgend beschriebenen Ausnahmen fällt), begeht eine Straftat, die mit Geldstrafe oder Gefängnis geahndet wird. Ausnahme: Eine sogenannte CCW (Carry Conceiled Weapons)-Genehmigung, die der Sheriff des jeweiligen Landkreises nur ausstellt, wenn jemand nachweist, dass er die Waffe beruflich braucht (zum Beispiel ein Bounty-Hunter, der ausgebüchsten Verbrechern nachjagt) oder sonstwie ernstlich bedroht ist. Typischerweise werden diese CCWs aber nur in ländlichen Gebieten ausgestellt, die Großstädte lehnen Anträge fast immer ab.

Weitere Ausnahme: Im eigenen Heim darf jeder Normalbürger eine geladene Schusswaffe verstecken. Dies gilt aber nicht für Vorbestrafte, illegale Einwanderer, unehrenhaft aus dem Militär entlassene und dergleichen. Als „Heim" gilt übrigens auch der eigene Garten, ein angemietetes Motel-

On my way to LA … Start in Phoenix zu einem 600-Kilometer-Ritt.

zimmer oder ein Campingplatz. Auch Ladeneigentümer (nur die Eigentümer, nicht die Angestellten) dürfen in ihrem Geschäft eine geladene Waffe liegen haben. Als kleine juristische Eigenheit darf man aber nicht mit einer unter der Kleidung versteckten Waffe in der eigenen Hauseinfahrt herummarschieren. Die Waffe darf im „Heim" versteckt sein, aber nicht „am Mann".

US-Bürger, die mindestens 18 Jahre alt sind, dürfen Schusswaffen im Auto transportieren, wenn sie entladen und in einem abgeschlossenen Kasten sind (nicht im Handschuhfach!). Wer zwar in den USA wohnt, aber nicht die US-Staatsbürgerschaft besitzt, darf Waffen im Auto nur auf dem direkten Weg zwischen Domizilen mit Ausnahmeregelungen transportieren (zum Beispiel vom Heim zu einem Schießclub, bei dem man Mitglied ist, oder vom Waffenhändler, bei dem das Teil gekauft wurde, zum Büro, dessen Eigentümer man ist).

Nehmen wir mal an, ein Ladeneigentümer hat eine geladene Waffe in seiner Schublade. Fährt er abends heim und will den Ballermann mitnehmen, muss er das Magazin mit den Patronen rausnehmen und die Pistole in ein tragbares, verschließbares Kästchen legen und zusperren. Trägt er beides zum Auto, muss er das Magazin mit den Patronen entweder offen tragen (andernfalls wäre das ein Verstoß gegen das „Conceiled Gun Law", denn das Magazin ist Teil der Waffe) oder die Patronen rausnehmen und das Magazin auch im Kasten einschließen. Daheim angekommen, darf der Ladenbesitzer die Knarre aus dem Auto in die Wohnung nehmen und dann dort laden. Allerdings muss er sicherstellen, dass seine Kinder nicht herankommen.

Eine ungeladene Schusswaffe offen zu tragen, ist lustigerweise fast überall erlaubt. Man könnte ohne weiteres mit einem Colt in einem (offenen) Cowboy-Halfter durch die Innenstadt von San Francisco marschieren – ausgenommen sind nur waffenfreie Zonen wie Regierungsgebäude, Schulen oder Flughäfen. Ist die Waffe hingegen geladen, darf man mit ihr auch dann nicht auf die Straße, wenn man sie offen trägt. Gewehre fallen nicht unter das CGL, da man sie nur sehr schwer unter der Kleidung verstecken kann, aber unter das LGL: Niemand darf mit einem geladenen Gewehr auf der Straße stehen.

Wer eine Waffe offen trägt, den darf die Polizei jederzeit kontrollieren. Das ist den Polizisten in den USA normalerweise untersagt – wer nichts angestellt hat, den darf niemand auch nur nach dem Ausweis fragen. „Routinekontrollen" wie in Deutschland wären rechtswidrig. Sieht ein Polizist aber, dass jemand eine Waffe trägt, darf er nachsehen und sicherstellen, dass diese nicht geladen ist.

Was tun mit der Knarre? Man darf sein Heim, sich selbst und andere Leute gegen Bösewichte verteidigen. Es besteht, und das ist wichtig, keine Pflicht zurückzuweichen, wenn sich damit eine Konfrontation vermeiden ließe. Schießen darf man allerdings nur dann, wenn vom Bösewicht eine unmittelbare Gefahr gegen Leib und Leben von Personen ausgeht. Wenn ein Dieb mit dem Fernseher unter dem Arm durchs Fenster abhaut, wäre es eine Straftat, hinterherzuballern. Greift der Dieb allerdings gerade mit einem Baseballschläger an, darf man schießen (aus: usarundbrief.com).

In Arizona, dem Kernland des einstigen „Wilden Westens" dagegen, darf jeder Einwohner über 21 Jahren Waffen tragen – offen, verdeckt und ohne besondere Erlaubnis. Und man darf sich nur mit den Waffen verteidigen, die auch ein Angreifer trägt – ein eher zweifelhafter Erlass, wenn er denn noch gilt. Denn viele Verordnungen und Erlasse werden abgeschafft oder neu aufgelegt, kaum jemand sieht noch durch. Dafür weiß man, dass man für das Fällen bestimmter Kakteen-Arten mit bis zu 25 Jahren Gefängnis bestraft werden kann. Die Relationen sind zumindest interessant …

Also, wenn von ALMA jemand seine Knarre dabei hatte, dann jedenfalls verborgen, ich konnte keine entdecken. In LA gibt

Sandsturm an der kalifornischen Grenze. Wind gehört in dieser Ecke der Welt immer dazu.

es bekanntlich eine Menge Gangs, und es gibt auch eine Menge Motorrad-Clubs. Die Mongols als einer der größten Clubs in den USA sind verfeindet mit den Hells Angels, da hat auch ein Supportclub der Rot-Weißen genau hinzuschauen, wo man sich bewegt. Und so hatte auch ALMA, bevor man sich auf den Weg an die Westküste machte, seinen Besuch in Los Angeles anzumelden, um nicht unvorhergesehenen Ärger zu bekommen. Diese Absprachen gibt es verhältnismäßig oft und sie gehören zu den ungeschriebenen Gesetzen der Szene: Wenn ein Club den Einflussbereich eines anderen Clubs durchfahren oder sogar betreten will, gehört eine Anmeldung unweigerlich dazu. Natürlich weigern sich einige Clubs auch, diese Regeln zu befolgen; entweder können sie es sich leisten und sie sind stark genug, oder es gibt teils heftigste Auseinandersetzungen mit manchmal dramatischen Folgen. ALMA hatte die Genehmigung für den Besuch in LA jedenfalls ohne Weiteres erhalten, und so setzten wir die Fahrt fort – nunmehr mit Helmen und mit noch mehr Wind. Auf fast der gesamten Strecke von Phoenix bis Los Angeles machten uns starke Böen zu schaffen. Wie mir von mehreren ALMAS versichert wurde, sei das völlig normal. Doch jetzt, zu dieser Jahreszeit, traten zusätzlich noch die letzten Santa-Ana-Winde auf. Diese heißen Fallwinde, die vom Hochplateau Nevada, Utah und Idaho kommen und bis zu 100 km/h schnell werden, treten vor allem zwischen September und März auf, waren aber auch jetzt noch zu spüren. Das von den Kaliforniern „Teufelshauch" genannte Wetterphänomen machte uns auf der Interstate ziemlich zu schaffen. Ein kräftiger Windstoß nach dem anderen wirbelte uns ganz schön durcheinander. Wir hatten Mühe, die Spur zu halten, zumal auch der ALMA MC Rad an Rad fährt, also in der für MC typischen Fahrformation. Irgendwann kam auch der Inspektionspunkt, an dem die Kalifornier alle Autos auf eingeführte Pflanzen und Lebensmittel untersuchen. Der Bundesstaat ist weltweit gesehen der fünftgrößte Produzent von Obst und Gemüse und fürchtet sich panisch vor Ungezieferplagen. Deshalb finden die Untersuchungen recht penibel statt, und auch auf Seitenstraßen kann man unversehens in eine Kontrolle geraten.

Wir wurden verschont, scheinbar war man sich sicher, dass in den Motorrädern keine Lebensmittel zu finden seien. Also knatterten wir durch den Kontrollpunkt und gaben wieder Gas. Stunden später, irgendwo auf der Höhe von Palm Springs, wunderte ich mich über meine eingetrübte Windschutzscheibe. Ja, ich habe so ein Ding an meiner Mietkarre, na und? Jedenfalls war es Regen, ein leichter zwar nur, aber scheinbar meinte es das Wetter ernst. Denn rechts von uns schob sich genau in unsere Fahrtrichtung eine finstere Regenwolke bedrohlich über die Interstate. Der Wind wurde immer stärker, es haute uns fast von den Motorrädern. Vor mir kämpfte ein Prospect energisch gegen die Windböen an, indem er sich mit aller Macht gegen den Wind stemmte. Seine Maschine klemmte in einem bedrohlich schrägen Winkel unter ihm, und wenn der Wind jetzt schlagartig aufhören würde, müsste er unweigerlich umkippen. Doch das Gegenteil geschah, und wir konnten die Kisten kaum noch auf dem Asphalt halten. Dazu war es plötzlich auch immer kälter geworden – genau so müsste es sein, jetzt im ungemütlichen winterlichen Deutschland zu fahren! Frierend und unendlich genervt von den Orkanböen registrierte ich aufatmend, dass das Pack an der nächsten Ausfahrt den Blinker setzte und rechts raus fuhr. An einem Rastplatz brachten wir uns vor dem immer stärker werdenden Regen in Sicherheit und machten erst mal eine Pause.

Kälte, Wind und Regen bei Palm Springs: Welcome to California!

Beeindruckt standen wir unter einem wild hin- und hergepeitschten Baum, der vom Sturm schwer gebeutelt wurde. Eine Zigarette anzubrennen gelang nur äußerst schwer. Staunend und ungläubig beobachteten wir eine Weile das Naturschauspiel, und ich erntete ein gequältes Lachen, als ich feststellte: „Welcome to California!" In der Tat ein ungewöhnliches Phänomen – mit Palm Beach verbindet man eher extrem heiße Temperaturen und immer schönes Wetter. Beim letzten Mal, als ich hier war, herrschten 44 Grad Celsius und man konnte sich kaum ein paar Minuten im Freien aufhalten. Zwei Kippen später, das Wetter hatte sich kaum beruhigt, beschloss T-Bird aufzubrechen. Ein paar Meilen weiter den Pass runter sähe es garantiert besser aus, meinte er. Und tatsächlich: Kaum waren wir wieder auf der inzwischen fünfspurigen Interstate, nahm der Wind ab, es wurde etwas wärmer und die Wolke hatten wir auch hinter uns gelassen. Alles in Ordnung! Ich pfiff vor mich hin und beschloss, es Kalifornien nicht weiter übel zu nehmen. Schließlich schneite es daheim, da wollte ich nicht zu kleinlich sein. Wir befanden uns noch immer auf der Interstate 10. Irgendwann las ich auf einem Schild, dass er auch „Sonny Bono Memorial Freeway" genannt wurde. Eine Autobahn, die wie der Sänger hieß? Am Abend erklärte mir einer der ALMA-Member, was es mit Bono und der Interstate auf sich hatte. Der Sänger war nämlich nach seiner Karriere als „Sonny und Cher" später Bürgermeister von Palm Springs geworden und saß sogar im amerikanischen Repräsentantenhaus, wo er ein Gesetz zur Verlängerung des Urheberrechts anschob. Es ist sogar nach ihm benannt, wie ich später im Netz herausfand. „Sonny Bono Copyright Term Extension Act" nannte sich das Werk. Also summte ich fortan „And the beat goes on" und „I got you Babe" vor mich hin, während wir uns Los Angeles näherten. Erst passierten

Immer zu einem Späßchen aufgelegt: Bloody Bob, Sergeant of Arms bei ALMA Original.

It's never rain in Southern California: eine Legende!

wir San Bernardino, dann Ontario und Pomona, wo wir von der Interstate abbogen. Das Gewirr von Straßen, durch das wir uns nun bewegten, war für mich verwirrend. Vielleicht machte das auch die Erwartung, die man als Fremder von LA einfach hat: Straßenlabyrinthe, ineinander verschachtelt und verdreht, sich überschneidend und kreuzend. Vielleicht war es auch gar nicht so wild, und es kam mir nur so vor.

An einem gigantischen Autobahnkreuz, das tatsächlich wie eine vielfüßige Spinne aussah, trafen sich der San Bernardino Freeway und der Orange Freeway, die an dieser Stelle beide vierspurig verliefen. Die I 10 wird später zum Rosa Parks Freeway und schließlich zum Santa Monica Freeway, der an der Küste endet und dann zum legendären Pacific Coast Highway wird, besser bekannt unter „Highway 1". Wir aber fuhren über den Orange Freeway zu unserem Hotel, das wir einige Abfahrten später erreichten. Streng genommen befanden wir uns noch im Gürtel um Los Angeles, noch nicht in der eigentlichen Stadt. Der Ort, an dem wir uns einquartierten, hieß Diamond Bar, hatte an die 55 000 Einwohner und fügte sich in das dichte Netz der Vorstädte ein, und zwar ohne dass man Grenzen und Übergänge erkennen könnte. Die bedeutendste Sache, die man mit dem Namen der Stadt verbinden kann, ist der Bau der ersten Wasserstoff-Tankstelle von Süd-Kalifornien. Und der Rapper Snoop-Dogg stammte von hier.

Im Shilo Inn waren Zimmer reserviert, und nachdem wir eingeparkt hatten, killten wir erst mal ein Bier. Die lange Fahrt hatte müde und durstig gemacht. Ehe aber jeder sein Zimmer bekam, wurde erst einmal

Die Sic Psycles nahmen ALMA in Empfang.

unsere Geduld auf die Probe gestellt. Das Personal am Schalter gehörte wieder mal zur langsameren Sorte, und so zog sich das Einchecken über eine Stunde in die Länge. Irgendwie scheint mir, sind die Amerikaner diese „Geschwindigkeit" aber gewöhnt, anders lässt sich die unerschütterliche Ruhe und Geduld nicht erklären, mit der die Biker das überlange Procedere hinnahmen. Dass das Haus unter neuem Management geführt wurde, wie draußen auf einem riesigen Transparent zu lesen war, schien sich jedenfalls nicht weiter positiv auf die Effizienz des Counterpersonals ausgewirkt zu haben. Also gab es noch ein weiteres Dosenbier und später noch eines, bis sich endlich die Schlange vor dem Tresen etwas lichtete und ich hinzugerufen wurde. Johnny D., eine imposante Erscheinung mit Latino-Wurzeln, hatte mich freundlicherweise als seinen Zimmergenossen auserkoren. „Das ist billiger für uns beide, und Platz ist genug", sagte er und humpelte los. Er konnte nicht normal laufen und zog andauernd sein linkes Bein nach.

Helmpflicht – aber nur in Kalifornien. In Arizona fahren die Biker meist „ohne".

Wir ließen unsere Maschinen an und fuhren um das Hotel herum, wo wir das Zimmer direkt neben dem Hintereingang bezogen. Was heißt bezogen? Wir warfen unsere Klamotten auf eines der Betten und stellten uns auf den Gang zu den anderen Club-Mitgliedern. Jeder hatte einen Drink in der Hand, eine Debatte über die weitere Abendgestaltung war im Gange. Das ergab einen ziemlichen Lärm, aber es war noch früh am Abend und somit fühlte sich niemand weiter gestört. Die Frage nach Essen schien außer mich niemanden zu interessieren, denn es gab dazu kein großes Statement. „Vielleicht gehen wir später irgendwohin", meinte Johnny D. und holte neues Bier.

Irgendwann tauchten zwei fremde Biker auf, die unverkennbar ebenfalls einem Motorradclub angehörten. „Sic Psycles Promotions" stand auf ihren Westen, ein kaum wortwörtlich zu übersetzendes Wortspiel, das wohl den fast schon krankhaften Wahn nach Motorrädern zum Inhalt hat. Die Jungs, augenscheinlich lateinamerikanischer Herkunft, waren President und Vice President des Clubs und holten uns ab. Der Vice war der leibliche Bruder des verstorbenen Bullet gewesen. Die ALMA-Member hatten von diesem Bruder bis zum Tod ihres Freundes gar nichts gewusst – er war wohl eher zurückhaltend und hatte nicht viel geredet. Zunächst zogen sie sich in das Zimmer von Slick Rick zurück. Der Vice President von ALMA Original wohnte gleich gegenüber. Gemeinsam mit President T-Bird sprach er mit den beiden Besuchern. Eine halbe Stunde später kamen sie heraus und gaben das Zeichen zum Aufbruch. Wir versammelten uns mit den Motorrädern vor der Lobby. Nun hatte ich Zeit, mir die beiden Sic-Psycles-Member und ihre Öfen etwas genauer anzuschauen. Die Biker schienen einem Lehrbuch für MC-Kultur entsprungen zu sein. Kinnbärte verschiedener Länge, Bandana um die Stirn, Portemonnaie an der Kette – so stellt man sich das landläufig vor. Und die Maschinen erst: Böser Gangster-Style, würde man in Deutschland sagen, wo es aber bekanntlich keine Gangster im klassischen Sinne gibt. Überhohe Apehanger prangten an den Bikes, die ansonsten weitgehend im Originalzustand verblieben waren. Die riesigen Apes aber waren das Markenzeichen der Sics, wie ich wenig später feststellen sollte, denn fast alle Member dieses Clubs frönten dem Ape-Wahn. Es wird mir immer ein Rätsel bleiben, wie man mehrere Hundert Kilometer mit diesen Monstern abreißen kann, ohne dass einem die Arme abfallen, von einer echten Gefahrenbremsung mal ganz abgesehen. Bei einer ernsthaften Notsituation die Kontrolle über die Maschine zu behalten, wenn man die Arme weit nach oben gerissen und somit gar nicht die volle Gewalt über die Karre hat, ist doch fast unmöglich.

Rein gar nichts gegen ein spektakuläres Aussehen, aber ein wenig Platz sollte dem Sicherheitsgedanken doch gegeben werden, meine ich. Aber ich bin ja bekanntlich ein Weichei, wie wir schon festgestellt haben … An ihren Kutten war auf der linken Brustseite der Aufnäher „Brotherhood" angebracht, darüber das jeweilige Funktionspatch wie „President" oder „Vice President". Auf der rechten Brustseite war sowohl der Name des jeweiligen Members sowie mögliche Zusatzinformationen wie „Founder" aufgenäht. Dem Anlass angemessen blickten beide Sics recht grimmig.

Als wir uns gesammelt hatten, gab T-Bird das Signal zum Aufbruch und die Kolonne setzte sich, angeführt von den Sics, in Bewegung. Vorn an der Hauptstraße wurde nicht geblockt, aber in den USA halten entgegenkommende Autos in 99 Prozent der Fälle an, um eine Motorradkolonne durchzulassen. Die Rücksichtnahme ist hier einfach wesentlich höher, auch wenn das oftmals aus der Entfernung gar nicht so aussieht. Im Straßenverkehr ist das aber definitiv der Fall. Kein Vergleich zu Deutschland, wenn ich an die vielen haarsträubenden Situationen denke, die immer wieder

Mitten in LA: Auf dem Weg ins Clubhaus der Sic Psycles.

Bloße Attitüde oder klares Statement? Kalifornische Biker dürfen das …

durch mangelnde Rücksicht und fehlende Geduld entstehen. Vor einigen Tagen erst riskierte ein Radrennfahrer sein und unser Leben, als er am blockenden Member durch unsere Kolonne quer hindurch schoss. Auf einer Landstraße, frei einsehbar, ohne jede weitere Behinderung, musste dieser Clown sein Recht auf Vorfahrt eben durchsetzen, obwohl ein schwerer Unfall dabei mehr als wahrscheinlich hätte zustande kommen können. Am Ende hätte natürlich der Radfahrer Recht bekommen, weil niemand das Recht hat, in den Straßenverkehr einzugreifen und Regeln zu beugen, wie es mit einem Absperren der Fahrbahn ja rein theoretisch der Fall ist. Jeder Biker in einem Club weiß, dass das aber die einzige Chance ist, ein Pack zusammenzuhalten, gerade in Deutschland, wo der Ampel-Regulierungswahn grassiert und die Besiedelung sehr dicht ist. Aber hätte der Radler nicht einfach bremsen und sich zurücknehmen können? Welcher Zacken ist ihm denn aus der Krone gebrochen? Aber nein, da wird ganz bewusst auf das Recht gepocht, das auf seiner Seite steht, sogar auf die Gefahr schwerster persönlicher Verletzungen hin. Na ja, wenn das nicht echte deutsche Härte ist …

Wir wurden also freundlich auf die Hauptstraße vorgelassen und formierten uns. Es ging über einige Ampeln, an denen natürlich gehalten wurde, wenn sie Rot zeigten. Wenn allerdings die Farben umschalteten und das Grün auf Rot wechselte, wurde weitergefahren – ebenfalls ohne Blocker. Das hielt ich nun wieder für grenzwertig, denn der Autofahrer sieht zwar die nicht enden wollende Kette an Bikern, aber

Feierabend-Zigarre: Miklo vom ALMA MC lebt den Lifestyle der Biker.

wer da nicht genau aufpasst, gerät schon mal in Gefahr, in eine solche Gruppe hineinzufahren. An einer jener Ampeln, die auf Rot schalteten, als gerade mal die Hälfte unserer Gruppe über die Kreuzung gefahren war, wurde es richtig interessant. Während ich, wie immer als Gast ganz am Schluss fahrend, hoch konzentriert auf die Ampel und die vor mir fahrenden Biker starrte, damit ich bloß nicht verpasste, wenn doch einer meinte, plötzlich bremsen zu müssen, erspähte ich aus dem Augenwinkel zwei Polizeiautos, die rechts von uns auf der Straße standen und zweifellos längst Grün an ihrer Ampel hatten. Jetzt! Nun würde sich zeigen, was in Amerika passiert, dachte ich, während ich als Letzter an den Cops vorbeizog und gleich danach an der nächsten roten Ampel zum Stehen kam.

Im Rückspiegel sah ich, wie sie um die Ecke bogen und auf der Fahrspur neben uns näher kamen. Ich erwartete eigentlich jede Sekunde das Aufleuchten des Blaulichtes oder eine Durchsage per Lautsprecher. Obwohl, diese hätte zweifellos niemand verstanden, denn wie bereits erwähnt, fährt in den USA kein Mensch mit genormten Tüten. Es tuckerte und brummte, dröhnte und knatterte, die tiefen und höheren Tonlagen mischten sich zu einem infernalischem Lärm, der durch die Brücke, unter der wir warteten, noch verstärkt wurde. Die Sheriffs jedenfalls fuhren betont langsam an uns vorbei, obwohl die Ampel vorn inzwischen auf Grün geschaltet hatte. Sie schauten sich jeden Biker genau an, aber das war's auch schon. Sie ließen uns in Ruhe ziehen, obwohl gerade fast 20 Mann bei Rot über eine belebte Kreuzung gefahren waren! Natürlich lassen die Cops eine größere Gruppe eher in Ruhe, und wie Johnny D. mir später sagte, hätten sie sich eine Dreier- oder Vierergruppe sehr wahrscheinlich zur Brust genommen. Also galt hier das Opportunitätsprinzip, das gelegentlich auch zugunsten sonst eher unerbittlich behandelter Biker ausfallen kann.

Wenig später bogen wir von der Hauptstraße in ein Wohnviertel ein. Die Straßen wurden enger und die Häuser wirkten ungepflegter. Kinder spielten auf der Straße, Mülltonnen standen herum. An einer Ecke bogen wir in ein Grundstück ein – das Clubhaus der Sic Psycles. Ein verwinkeltes Grundstück mit mehreren Gebäuden. Kein Prachtbau etwa, aber auf den zweiten Blick zweckmäßig. Hier konnte man das Tor hinter sich schließen und sein Ding für sich machen – nichts anderes hatten die Jungs im Sinne. Wir parkten unsere Bikes so gut es ging im engen Innenhof und schauten uns dann das Clubhaus an. Alle Gebäude waren aus Holz. Den Hof säumten einige Unterstände, die vor dem seltenen Regen schützen konnten. Ein Basketballkorb hing an einer Wand, eine Feuerschale stand mitten im Hof, daneben ein großer Grill, der mit Gas befeuert wurde. Eine Bar stand im Hof zur Verfügung, eine weitere im Inneren des eigentlichen Clubhauses. Eine Reihe transportabler Toiletten befanden sich an der Begrenzungsmauer, davor ein Handwaschbecken aus Plastik. Wimpel einer Bierwerbung waren quer über den Hof gespannt. Drei Leitern standen ans Clubhaus gelehnt, ein großer Spiegel in der Nachbildung eines Rokoko-Rahmens hing über einigen Plastikstühlen, die in einem Kreis angeordnet vor dem Clubhaus standen. Es wirkte so, als hätten die Sics gerade eine Party gefeiert, bevor sie uns abholten. Und genau so wird es auch gewesen sein, denn in den Staaten ist ein Clubhaus eine echte Heimstatt, in der sich die Member bevorzugt aufhalten, schlafen, feiern und auch teilweise ihren Alltag verbringen. Das ist von Club zu Club

Schwerer Ritt: ALMA auf dem Weg zur Beerdigung ihres verstorbenen Bruders.

Abfahrt von der Kirche zur Beerdigung mit militärischen Ehren.

ganz unterschiedlich und liegt auch immer an der persönlichen Lebenssituation des einzelnen Mitglieds. Wer von frühmorgens bis abends schuften geht, kann nicht tagsüber im Clubhaus abhängen. Wer vielleicht gerade eine Arbeit sucht oder sich anderweitig durchs Leben schlägt, hat eben auch andere Möglichkeiten.

Wir bekamen allesamt ein Getränk unserer Wahl und stießen dann an. Verteilt auf dem gesamten Gelände saßen die Member von ALMA und Sic Psycles in kleinen Gruppen und unterhielten sich. Dabei wurde klar, dass man voneinander gar nichts wusste, und sogar die leiblichen Brüder aus Bullets Familie sich nicht weiter über ihre jeweiligen Clubs unterhalten hatten. Ich unterhielt mich mit einem Bruder von ALMA über Literatur und die Bücher von Hunter S. Thompson, und es stellte sich heraus, dass wir beide in etwa den gleichen Geschmack hatten. Der gute Hunter hatte sich neben der Beschreibung von verschiedensten Arten von Drogen und deren Wirkung ja auch ziemlich beeindruckend mit dem Innenleben des berühmtesten Motorradclubs der Welt beschäftigt. Gefiel nicht jedem, gehört aber zu den Meilensteinen des Genres.

Nicht lange darauf brachen wir auf. Ich wusste gar nicht, wohin es ging, und war der Annahme, wir würden nunmehr zum Essen fahren. Aber weit gefehlt; es ging zu einer Kirche. Wir fuhren eine Auffahrt hinauf und stellten die Motorräder am Rande einer gepflegten Wiese ab. Oben an der Kirche hatte sich bereits eine Menge Menschen versammelt. Wir gingen langsam nach oben, begrüßten die Anwesenden, unter denen sich auch die Familie von Bullet befand. Wie sich herausstellte, wurde hier Totenwache gehalten, eine Sache, die ich bislang nie zuvor selber erlebt und kennengelernt hatte. Wir standen am Eingang der Kirche an, um einer nach dem anderen einzutreten. Zuerst trug man sich in das Kondolenzbuch ein. Doch während des Wartens erblickte ich erstmals, was uns in der Kirche erwartete: Da lag der Tote aufgebahrt in seinem Sarg. Jeder ging hin und verabschiedete sich von ihm. Jetzt wurde mir aber doch mulmig, denn mit einer derartigen Situation hatte ich bislang noch keinerlei Erfahrungen. Ich war schon bei etlichen Beerdigungen, aber aufgebahrt hatte ich noch niemals zuvor einen Toten gesehen. Außer einmal in St. Petersburg, in einer Kirche mitten im Stadtzentrum, die wir gemeinsam mit vielen anderen Touristen besichtigten. Da lag plötzlich und ganz unvermittelt ein Leichnam aufgebahrt vor uns. An den Schreck erinnere ich mich bis heute …

Aber eines stand fest: Ich war mit dem Club hierher gefahren, war von ihm gut aufgenommen worden - da konnte ich mich dieser Pflicht nun nicht entziehen. Zumal diese Ehrerbietung eine Frage des Respekts ist. Also wartete ich, bis ich an der Reihe war und ging dann langsam auf den Sarg zu. Ich erblickte den toten Bullet schon einige Schritte entfernt und erinnerte mich an ihn. Das war einer der Jungs, die ich im Jahr zuvor gemeinsam mit Johnny Angel von den Hells Angels besucht und fotografiert hatte! Es schnürte mir die Kehle zusammen, als ich die drei Stufen zum Sarg hinaufstieg. Da lag er vor mir und sah überhaupt nicht tot aus. Ganz unwirklich kam mir die Szene vor, so, als ob er gleich aufspringen und rufen würde: Was wollt ihr denn alle?! Ich bin doch hier! Aber natürlich war dem nicht so. Er war und blieb tot. Getötet bei einem Verkehrsunfall.

Ich verneigte mich vor Bullet, verharrte kurz und ging dann aus dem Raum, vorbei an den weinenden Eltern, seinen Geschwistern und Freunden. Draußen musste ich erst mal durchschnaufen. Ich kannte Bullet zwar nicht persönlich, aber das hier ging auch mir nahe. Schließlich war er ein junger Kerl gewesen, der noch vieles vor sich hatte. Gut, dass es inzwischen dunkel geworden war. So konnte man die Tränen nicht sehen, die viele Clubbrüder des toten Bullet vergossen. Bewegende Momente, die sich unauslöschbar einbrannten.

Später fuhren wir etwas essen, eine Hälfte der Truppe landete bei „Dennys“, die andere bestellte sich Pizza ins Hotel. Noch später irrten wir noch durch das Viertel, weil wir Nachschub an Bier benötigten und ich meinen „Einstand“ geben wollte - ein paar Jackys mit Cola hatten wir uns schon vorgestellt. Aber weder im Seven Eleven noch in den Tankstellen der Umgebung gab es Alkohol, und die Liquor Shops hatten allesamt bereits geschlossen. Fluchend fuhren wir mit dem Truck noch ein paar Ecken weiter und bekamen dort wenigstens ein paar Sixpacks Bier und 'ne anständig große Flasche Wein für die Ladies. Letztendlich endete der Abend aber sehr gediegen und ohne Exzesse. Irgendwie hatten wohl alle an dem Erlebnis in der Kirche zu knabbern.

Am nächsten Morgen fuhr unsere Kolonne nach dem Frühstück in ein benachbartes Viertel, wo in einer weiteren Kirche die Trauerfeier stattfinden sollte. Wir parkten im Hof einer katholischen Schule, der von einem Polizisten bewacht wurde. Als sich ein Biker eine Zigarette anzünden wollte, gingen gleich zwei, drei andere Member dazwischen. Rauchen in einer Schule! So was geht doch in Amerika nicht! Der ertappte Sünder war nur gedankenverloren gewesen, absichtlich hätte er das garantiert nicht getan. In der Kirche tat der Priester seinen Job, er ging auf und ab, schwenkte eine Kanne mit Weihwasser und sprach über den Toten. Wieder waren viele Verwandte und Freunde da, und dieses Mal war auch der gesamte Club der Sic Psycles gekommen. Irgendwann während der Predigt kam

Zwischenstopp an der Kirche.

Trauerzug: Achtzig Kilometer Interstate dauerten anderthalb Stunden.

dann die Stelle, an der sich alle Anwesenden umarmen sollten, um so etwas Liebe an den Nächsten weiterzugeben. Nach dieser Prozedur kam es zu einer bewegenden Szene, als alle Member des ALMA MC wie auf Kommando aufstanden, einige Bankreihen nach hinten zu den Sic Psycles und Bullets leiblichem Bruder gingen und jedem von ihnen wortlos und leise die Hand drückten und auf die Schultern schlugen. Eine Respekterweisung, ohne Worte, ganz natürlich und so logisch wie nichts anderes. Einem leiblichen Bruder tut ein solcher Verlust unbeschreiblich weh, das können die Brüder aus dem Club bestens nachvollziehen – und drückten das durch diese Geste aus.

Anschließend sammelten wir uns auf dem Parkplatz. Draußen wartete ein Leichenwagen sowie eine Stretchlimousine, in der die engsten Verwandten fuhren. Auch einige Motorradpolizisten waren aufgetaucht, die die Fahrt absichern sollten. Wir fuhren nunmehr zum Soldatenfriedhof Riverside National Cemetary, der stolze 80 Kilometer entfernt lag und auf dem Bullet mit militärischen Ehren bestattet werden sollte. Der Zug formierte sich: Ein Polizeimotorrad führte die Kolonne an, es folgte das Auto mit dem Sarg, dann ein Truck mit einem Trailer und einem Motorrad darauf. Es folgte die Stretch mit den Verwandten und dann kamen die Motorräder der beiden Clubs ALMA und Sic Psycles. Daran schlossen sich die normalen Pkw der restlichen Trauergemeinde an. Wir fuhren sehr langsam durch die benachbarten Viertel, wobei die motorradfahrenden Cops die Kreuzungen für uns blockierten. Nach 20 Minuten hatten wir es bis zur Autobahn geschafft, und der gesamte Zug, der etwa einen Kilometer in der Länge maß, bog auf die Interstate ein. Hier erhöhten die begleitenden

Auf dem Militärfriedhof von Riverside.

Polizisten ein wenig die Geschwindigkeit, aber dennoch waren wir die langsamsten auf der Piste. Es sah zwar beeindruckend aus, wie sich die Kolonne, einem Lindwurm gleichend, auf der sechsspurigen Interstate bewegte, aber gleichzeitig war es auch ziemlich beängstigend. Denn die riesigen Trucks mit ihren Mega-Anhängern und Trailern schossen doppelt so schnell wie wir links und rechts an uns vorbei. In einem Auto sitzend mag das noch gehen, aber wenn du auf dem Motorrad sitzt und andauernd schlenkernde, mit überhöhter Geschwindigkeit rasende Trucks nur Zentimeter neben dir auf der Spur vorbeidröhnen, kannst du schon leicht nervös werden. Für die 80 Kilometer brauchten wir anderthalb Stunden, und ich atmete auf, als wir endlich den belebten Freeway verließen und in Riverside ankamen. Auf dem Friedhof mussten wir dann nochmals eine halbe Stunde warten, bis wir an der Reihe waren. Inzwischen war es recht warm geworden, sodass wir wenigstens nicht mehr frieren mussten wie am Vortag. Irgendwann ging es dann los, und die Zeremonie begann damit, dass sechs Männer den Sarg an die Stätte der Feier begleiteten. Die Hände in weiße Handschuhe gehüllt, waren auch T-Bird und Slick Rick sowie Bullets leiblicher Bruder von den Sic Psycles dabei. Durch das Spalier ihrer Clubbrüder schoben sie den Sarg zu einem Pa-

Der letzte Gang: ALMA und Freunde geben Bullet das Geleit.

villon, in dem die Feier stattfinden sollte. Dort verharrte schon die Familie mit den Eltern und Geschwistern. Ein Militärpfarrer sprach ein paar Worte, dann feuerte eine Eskorte ein paar Salutschüsse ab, feierliche Musik erklang, weiße Tauben stiegen auf. Die amerikanische Flagge wurde eingerollt und an die Familie Bullets übergeben. Wer jetzt nicht einige Tränen vergoss, musste wahrlich hartgesotten sein oder innerlich so abgeschalten haben, wie es nur ganz wenigen Menschen möglich ist. Es dauerte eine ganze Weile nach der Beendigung der Zeremonie, bis die Gefühle einigermaßen wieder im Lot waren. Etliche Zigarettenlängen mussten erst vergehen.

Nun teilte sich der Club. Während eine Hälfte zurück nach LA fuhr, um mit den Verwandten Bullets noch ein wenig Zeit zu verbringen, mussten die anderen Member schon zurück nach Phoenix. Es war Dienstag, der eine oder andere musste zur Arbeit. Da es schon zwei Uhr nachmittags war, wurde es Zeit, etwas aufs Tempo zu drücken. Dennoch musste erst die Verpflegungsfrage geklärt werden, und so fiel der ganze Haufen in einem „Sizzler"-Schnellrestaurant ein, wo ausgiebig gespeist wurde. Erst danach machten wir uns auf die Strecke, die Uhr zeigte bereits vier. Und es waren noch 500 Kilometer zu fahren … Nun bekam ich eine weitere Kostprobe amerikanischer Gepflogenheiten in Motorradclubs. Wer immer behauptet, auf US-Straßen zu fahren sei nervig wegen des herrschenden Tempolimits, ist eben noch niemals mit einem Pack unterwegs gewesen. 75 Meilen wiesen die Schilder am Straßenrand als offiziell genehmigte Geschwindigkeit aus. Das sind umgerechnet 120 Kilometer pro Stunde. Wir fuhren fast durchgängig 95 Meilen, also über 150 km/h. Das ist jetzt nicht so atemberaubend viel, aber so Rad an Rad und im Pack ist das nicht zu verachten. Und „geschlichen" ist es auch nicht! „Geschützt" wurden wir von unseren Begleitern, einem Pkw und den beiden Trucks mit den Trailern, auf denen einige Motorräder festgemacht waren. Meist schirmten sie uns nach hinten ab, wenn ein kecker Autofahrer uns zu nah auf den Pelz zu rücken drohte und zu dicht auffuhr. So kann ein Pack relativ ungestört reisen und gut Meilen machen. Alle anderthalb Stunden hielten wir und legten Tankstopps ein. Beim vorletzten entledigte ich mich meiner Jacke, denn die Sonne hatte noch recht viel Kraft, und so ein wenig den Fahrtwind auf der Haut zu genießen, schien mir angesagt zu sein. Aber schon, als wir wieder auf die Interstate einbogen, merkte ich, dass ich einen fatalen Fehler begangen hatte. Die Temperatur war angesichts der späten Stunde stetig am Sinken, und so wurde es recht schnell ungemütlich. Aber ich musste durchhalten, denn die Blöße wollte ich mir nicht geben,

Weg mit dem Helm: Heimfahrt nach Phoenix. Bloody Bob und Diesel freuen sich schon.

das gesamte Pack zu verunsichern und die Begleitfahrzeuge zum Halt auf dem Seitenstreifen zu zwingen, nur weil ich mir eine Jacke überziehen musste! Also bibberte ich vor mich hin und verfluchte den dämlichen Einfall, mir die Klamotten ausgerechnet jetzt ausziehen zu müssen. Geschlagene anderthalb Stunden dauerte es, bis wir wieder anhielten, und als wir an die Tankstelle rollten, bemerkte ich, wie Bloody Bob sich das Tuch vorm Gesicht wegzog und mich angrinste. An der Säule verfluchte ich mich nochmals und zog die Jacke aus dem Seitenkoffer. Bob grinste wieder und meinte: „Ich habe mich schon gewundert, als du vorhin alles weggepackt hast …" Na ja, ich hätte eben darauf achten müssen, was die Einheimischen so anziehen, das ist immer die sicherste Methode. Obwohl, wenn ich so an Englands Pubs denke, wo die britische Trinkergemeinde auch bei 5 Grad und Dauerregen stets kurzärmelig unterwegs ist …

Dann rollte auch der Prospect vor, den wir zehn Minuten vorher verloren hatten. Er war aus dem Pack ausgeschert und mit einer gefährlichen Aktion gerade noch so auf dem rechten Seitenstreifen zum Stehen gekommen. Sein Tank war leer. Das brachte ihm neben dem Gespött seiner Brüder auch einen neuen Spitznamen, der ihm gleich vor Ort verliehen wurde. Er hört nun auf den Namen „Pit Stop"… Eigentlich gibt es für solche Aktionen eine Probezeitverlängerung …

Inzwischen war es dunkel geworden, und die letzten Meilen bis Phoenix wurde es empfindlich kalt. Frühjahr in der Wüste, das bedeutet einen enormen Temperaturabschwung zum Abend hin. Wir verabschiedeten uns an der Tanke und machten uns auf den Weg. Ich folgte Diesel, der mich in sein Haus eingeladen hatte. Auf seine Frage, was ich am Abend vorhätte, antwortete ich wahrheitsgemäß, dass ich mir ein Hotel suchen würde. Das wollte er nicht, das sei einfach zu langweilig: „Du kommst mit zu mir, da ist es besser, da musst du doch nicht allein im Hotel rumhängen!" Und so

LA-Style: Apehanger und viel Chrom sind hier Pflicht am Mopped.

saßen wir noch gemütlich in seiner „Man's Cave" zusammen, nahmen ein paar Mixgetränke, rauchten eine meiner mitgebrachten Zigarren und redeten bis morgens zwei Uhr über Gott und die Welt. Was ist eine „Man's Cave"? Die „Männerhöhle" befand sich im unteren Level des Hauses neben dem Schlafzimmer. Es handelte sich um eine Art Hobbyzimmer, das ausstaffiert war mit Bildern, Flaggen aus Sturgis und Erinnerungsstücken von Harley-Davidson. In einer Ecke stand ein Computer auf einem Schreibtisch, hier machte Diesels Frau Sharon ihre Hausaufgaben. Sie holte nämlich ihr College nach und büffelte nun wie besessen, um sich für die Prüfungsaufgaben vorzubereiten. Zentrales Element der Höhle aber waren die riesigen Zwillingssessel und der noch größere Flachbildschirm, vor dem sie standen. Hier konnte man gemütliche Fernsehabende verbringen, ganz ungezwungen und lümmelnd. Die TV-Geräte spielen ja in amerikanischen Haushalten eine noch viel größere Rolle als bei uns in Deutschland. Auch hier stöhnen geplagte Eltern darüber, dass ihr Nachwuchs zu viel Fernsehen schaue. In den USA werden die Geräte scheinbar niemals abgestellt. Zu jeder Tages- und Nachtzeit ist die Geräuschkulisse der albernsten Fernsehshows, des Wetterkanals oder der ewigen Werbeeinspieler präsent. Denn hingeschaut wird in den seltensten Fällen, und wenn, dann nur so nebenbei.

Bei Diesel gab es sieben TV-Geräte im Haus - praktisch in jedem Raum eins. Er schaute ganz unschuldig, als ich ihn danach fragte: „Das hat sich so ergeben, ist natürlich viel zu viel. So what ..." Immerhin wurde bei ihm im Haus nachts abgeschaltet - sie waren keine „echten" TV-Junkies. In den folgenden Tagen gab es immer wieder die Diskussion, was ich am Abend tun wolle. Ich antwortete immer wieder, dass ich mir nun ein Hotel suchen müsse, aber Diesel hielt immer wieder dagegen, wie langweilig das doch sei und dass es hier bei ihm viel komfortabler wäre, und man sich zudem noch prima unterhalten könne. Also verlängerte ich meinen Aufenthalt immer wieder, bis er mir schließlich nach ein paar Tagen ein prinzipielles Hotelverbot für ganz Arizona erteilte: „Wenn du in Arizona bist, schläfst du hier bei uns. Punkt!" Also stellten wir diese Diskussionen ein und ich blieb drei weitere Tage, nunmehr ohne das tägliche Frage- und Antwort-Ritual.

Natürlich fühlte ich mich beschämt und versuchte, meinerseits etwas in die wachsende Beziehung einzubringen. Aber mehr als eine gute Flasche Scotch und ein interessantes Bikerbuch, das ich in deutscher Sprache auch in meinem heimischen Bücherregal stehen hatte, brachte ich nicht zustande. Ich weiß ja, dass man Gastfreundschaft nicht aufrechnen kann und soll. Aber sicher kennt ihr das Gefühl auch, dass sich immer, wenn einem so viel Gutes widerfährt, die Frage durchs Gehirn quält: Wie kann ich mich wenigstens ein klein wenig revanchieren? Vielleicht blöd, aber so ist es nun mal. Nun, ich beruhigte mich mit einer ausdrücklichen Gegeneinladung nach Deutschland, auch wenn ich weiß, dass es den meisten Amerikanern eher schwer möglich ist, die Kosten für einen solchen Trip aufzubringen. Oder, wer das Geld hat, hat keine Zeit, denn Urlaub ist ein rares Gut in den Staaten. Doch beide, Diesel wie Sharon, versicherten mir, dass sie das sowieso vorhätten und wir uns dann in meinem Haus treffen würden. Das gab zumindest ein gutes Gefühl.

Übrigens stellte sich schnell heraus, welch Dorf unsere Welt doch ist. Denn Sharon und Diesel kannten nicht nur Sonny Barger, sie kannten ihn auch noch gut. Sogar sehr gut. Diverse Fotos im Haus bewiesen das. Irgendwann hatten sie sich mal kennengelernt, und nun pflegten die beiden Familien recht guten Kontakt. Sharon kochte ab und an für die Bargers, wenn diese Besuch erwarteten, und hütete das Haus, wenn sie unterwegs waren. Die Hunde und Pferde müssen dann ja auch versorgt werden. Sharons Tochter Frankie schrieb einmal einen Schulaufsatz über berühmte amerikanische Persönlichkeiten, und anstatt über Lincoln, Clinton oder Bush zu schreiben, interviewte sie Sonny, der sie sehr zuvorkommend in sein Haus einlud und sie zum Interview ermunterte. Seither war das Verhältnis ein enges, und Sonny liebte die 16-Jährige wie ein eigenes Kind.

Wir verbrachten also einige Tage zusammen, wobei man Frankie kaum sah. Morgens in die Schule, abends zu irgendwelchen Verpflichtungen, und wenn sie heim kam, verschwand sie ruckzuck in ihrem Zimmer. 16 Jahre! Da ist das halt so. Ich war tagsüber ebenfalls unterwegs, traf Leute, fuhr zu Terminen und am Abend traf man sich im Schatten des großen Baums vor der Haustür und nahm noch ein paar Getränke zusammen. Wir redeten oft bis zum frühen Morgen und erfuhren so eine Menge übereinander, was man bei den typischen Treffs mit „Nice to meet you" natürlich nicht schaffen konnte. Sharon war meist mit ihrem eigenen Kram beschäftigt, kam nur ab und an zum Rauchen zu uns. An einem Tag nahm Diesel mich mit auf seine Arbeit. Er war selbstständig und fuhr mit einem Truck Steine und Kies zu Leuten. Durch die enorme Hitze in Arizona ist es teuer, sich einen schönen grünen Rasen zu halten, denn dafür braucht man viel Wasser, und das kostet. Also tauschen viele Leute ihren Rasen gegen Steine. Klingt langweilig, ist es vielleicht auch, aber es ist praktisch. Und es gibt ja die verschiedensten Farben bei Steinen! Und so fuhr Diesel rote, gelbe und graue Steine durch die Gegend und ernährt sich redlich davon. Wir fuhren zuerst in einen Steinbruch, wo wir beladen wurden mit kleinen, vielleicht handgroßen Steinen. Es wackelte zweimal, dann hatte der Radlader seine Arbeit getan, und wir rollten an die Waage. Dort wurde nachgewogen und gleich bezahlt. Alles ganz simpel und einfach. Danach fuhren wir in einen der unzähligen Vororte von Phoenix, wo ein Hausbesitzer schon auf uns und unsere Ladung wartete. Unsere Fahrt ging vorbei an einem Flughafen, dem „Deer Valley Airport". Eigentlich nur von Geschäftsfliegern und Kleinflugzeugen genutzt, gehört er mit 400 000 Starts und Landungen jährlich zu den 20 größten Flughäfen der USA. Der Berg, von dem unsere Steine stammten, steht als Hindernis einem weiteren Ausbau des Flughafens im Weg – deshalb wurde er kurzerhand abgetragen. Wir kamen hinaus in die Wüste, wo sich allerdings ein palastartiges Anwesen neben dem nächsten zwischen den mächtigen Saguara-Kakteen duckte. Hier würden die Schönen und Reichen wohnen, versicherte mir Diesel, zum Beispiel Football- und Basketballstars und andere Leute, die gutes Geld verdienten. Wir bogen irgendwann ab und es wurde immer einsamer. Ab und an stand noch ein Haus am Wegesrand, die Straße war längst nicht mehr geteert, die Kakteenfelder wurden dichter und dichter. Dann waren wir am Ziel. Diesel kletterte aus dem Truck, fand den Besitzer des Hauses, der zeigte ihm, wohin er das Zeug kippen sollte und schon war's erledigt. Zurück zur nächsten Fuhre und so weiter. Ich ließ mich zwischendurch absetzen und machte mich aus dem Staub, denn ich wollte mich mit einem deutschen Auswanderer treffen, der seit 20 Jahren im sonnigen Arizona lebte.

So vergingen die Tage, und als ich abreisen musste und wir uns verabschiedeten, schimmerte es ein wenig nass im Augenwinkel. Wir waren uns nahegekommen, wir haben Bruderschaft gelebt, ohne dass wir uns vorher kannten, aber genau das macht es ja erst aus, wenn man es ernst nimmt. Wir haben herzlich gelacht über die Reaktion von Diesels Frau, als er ihr am Telefon ankündigte, dass er einen fremden Mann aus Deutschland mitbringen würde, der im Gästezimmer übernachten sollte. Sie war erst überhaupt nicht begeistert, und ihr Argument, es könne sich ja schließlich auch um einen Massenmörder handeln, war ja nicht so richtig von der Hand zu weisen, weil unwiderlegbar. Aber nach unserem ersten Aufeinandertreffen sagte sie zu ihrem Mann, der Gast aus Germany wäre ja doch recht cool, und als ich zwei Tage später dann den Hausschlüssel aus ihrer Hand erhielt, war das wie eine Adelung. So kann's gehen – vom vermeintlichen Massenmörder zum Key-Holder.

Sonny Barger

In Sonny Bargers Schlafzimmer musste ich an Hunter S. Thompson denken. Er beschrieb den bekanntesten Hells Angel der Welt so: „… der kühlste Kopf der Bande, der blitzschnell und knallhart agiert, wenn's ans Eingemachte geht. Er ist abwechselnd Fanatiker, Philosoph, schlägergeschickter Vermittler und letztinstanzlicher Schlichter." Ich hatte all das im Kopf, all die Geschichten, die Erzählungen, die Bilder, die von der geheimnisumwitterten und verschlossenen Bruderschaft im Umlauf sind. Verteufelt und verurteilt, wild und ungezähmt, auf jeden Fall aber unnahbar und abweisend. Und nun stand ich im Schlafzimmer ihres bekanntesten und populärsten Mitglieds der Angels, das die Welt als Anführer und Gründer des berüchtigsten Motorradclubs auf Erden kannte.

Wir bogen auf den Hof der kleinen Ranch ein und hatten zweihundertfünfzig Kilometer in glühender Hitze hinter uns. Von Tucson aus waren wir am Morgen ge-

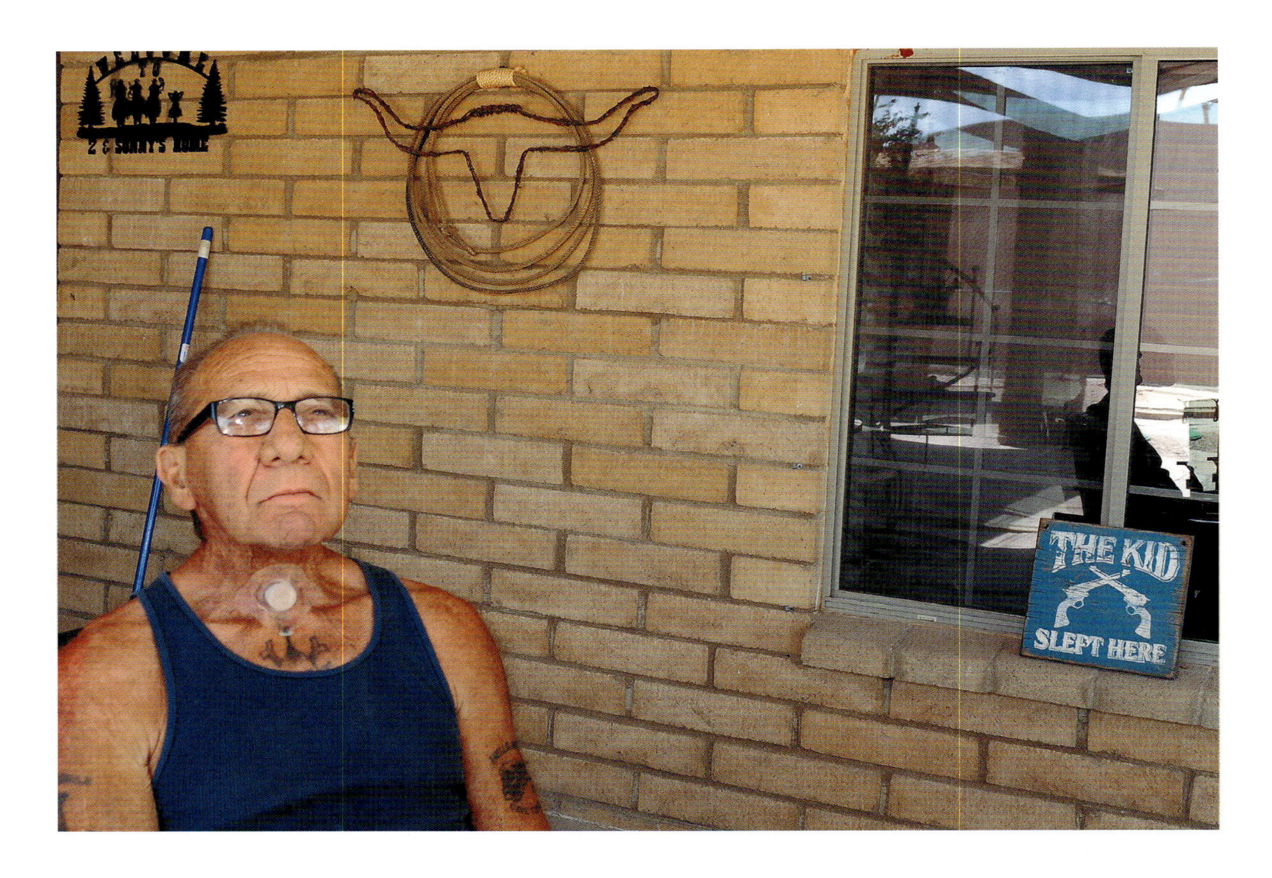

Chillout-Zone vor dem Haus: Sonny empfängt hier gern Gäste.

Zeitsprung: Ralph „Sonny“ Barger einst und heute.

startet, aber nicht besonders früh, und das lag an Johnny Angel. Der große alte Mexikaner in den Reihen der Angels hatte eine seiner legendären Rotwein-Partys gefeiert und war schwer abgestürzt. So dauerte das Frühstück im Hotel viel länger als geplant, und wir kamen erst los, nachdem der persönliche Prospect Johnnys dessen Krückstock auf dem mächtigen Victory-Motorrad platziert und festgeschnallt hatte.

Wir bogen auf die Interstate 10 ein und gaben Gas: Vorn Maxx und rechts daneben Johnny, dahinter der Prospect, der ihn beständig abschirmte und gegen jegliche Gefahr zu schützen suchte, und sodann ich als Gast im Mini-Pack. Wir hielten uns nicht besonders an das Speedlimit und so kamen wir gut voran. Immer, wenn Johnny sehr nah an einem der mächtigen Trucks vorbeiraste, hätte er die Fahrertür locker berühren können. Nur wenige Zentimeter trennten ihn dann von vielen Tonnen Eisen, die ihn hätten zermalmen können. Stoisch und unbeeindruckt wich er keinen einzigen Zentimeter zur Seite, was ich für sehr unvernünftig hielt. Aber ich musste während dieser knapp anderthalb Stunden einsehen, dass dies einfach zum Angels-Style gehört, denn ein ängstliches Zurückweichen wäre für einen der ihren niemals infrage gekommen. Und für Urgestein Johnny Angel sowieso nicht. Also hatte ich jedes Mal, wenn wir einen der riesigen Laster passierten, die wenig erbauliche Vorstellung, wie es wäre, dabei zu sein, wenn einer der bekanntesten Hells Angels auf der Interstate von einem Truck überfahren würde. Aber allmählich beruhigte ich mich, und als Johnny und der Prospect rechts abbogen, um zu Johnnys Haus in der Wüste zu fahren, war diese – wohl ein wenig surreale – Gefahr zumindest in meinem Kopf gebannt.

Noch einige Meilen weiter bogen auch Maxx und ich ab und kamen bald auf Sonny Bargers Grundstück an. Er erwartete uns schon, in der Mitte des Hofes stehend, ungeschützt vor der gleißenden Sonne. Er hob kurz die Hand, während wir an ihm vorbeirollten und die Bikes auf dem kiesigen Untergrund im Schatten parkten. Maxx und er begrüßten sich nach Angels-Sitte mit einem kurzen gegenseitigen Klopfen auf den Rücken, mir reichte Barger die Hand. Wir gingen ins Haus, denn es war gegen Mittag und die Hitze war kaum auszuhalten. Nachdem wir durch die Tür gegangen waren, standen wir schon direkt im Wohnzimmer, einem großen, offenen Raum, der von einer riesigen bequemen Couch beherrscht wurde, die halbkreisförmig im Zimmer stand. In einer Art hölzerner Schrankwand, die links und rechts neben dem Fernseher emporragte, standen in offenen Regalen ein paar Bücher, einige gerahmte Fotos sowie Unmengen von Krimskrams – eine alte Geige, eine rote Schachtel aus Plastik, auf die der Schriftzug „CocaCola“ aufgedruckt war, einige Flaschen mit und ohne Inhalt sowie Geschenke aus aller Welt. Mitbringsel und Ehrerbietungen, die dem „Chief" von Brüdern aus allen Kontinenten überreicht worden waren. Eine hölzerne Schlange wand sich um den Bildschirm des Fernsehers und davor lagen einige Plaketten mit dem Deathhead. Über dem Fernseher hing ein gemaltes Bild, das neben einem kunstvoll gezeichneten geflügelten Totenkopf auch Sonnys Gesicht zeigte. Merkwürdigerweise hatte er die Augen geschlossen auf diesem Bild und er lächelte. Das Bild stammte von deutschen Hells Angels und er schien es zu mögen, sonst hätte er es kaum an dieser exponierten Stelle aufgehängt.

Auf der anderen Seite des Zimmers stand ein schwarzer Konzertflügel, der aber kaum zu erkennen war, weil sich auf ihm ebenfalls Fotos und Gegenstände aller Art türmten. Vor allem ein großes Motorrad aus Rattan stand dort, aus dem gleichen Material, aus dem ansonsten Sitzmöbel oder Regale gefertigt werden. Davor standen dicht an dicht gerahmte Fotos, die fast aneinander stießen, sodass man auf dem jeweils hinteren gar nicht mehr erkennen konnte, was darauf zu sehen war. Sie standen auf einer Damastdecke, die am Ende lange, gedrehte Kordeln hatte. Auf der mit einem Deckel verschlossenen Tastatur stand ein hölzernes Dreieck mit der amerikanischen Flagge. Der Rest des Zimmers war vollgestellt mit Reitutensilien: da waren Sättel verschiedener Ausführung und Machart, die auf eisernen Gestellen lagerten. Ein großes gerahmtes Bild mit drei Reitern stand auf dem Fußboden an die Wand gelehnt, einige Skulpturen mit Reitern und Pferden auch. Ein Coca-Cola-Werbeschild sowie ein alter Holzkasten mit ebenso alten Coca-Cola-Flaschen standen vor dem Klavier. Auch eine Art Verkorkungsautomat stand herum. Vor dem Kamin, der unbenutzt wirkte, waren einige alte Öllampen aufgereiht, daneben eine schwarze Vase mit Sonnys Namen und einem Deathhead, die wie eine Urne aussah.

Die beiden Hunde der Bargers, Hannah und Freedom, wichen dem Hausherrn nicht von der Seite. Auch nicht, als wir weiter durch das Haus gingen, die Küche und das Büro besichtigten, wo es ebenfalls überall die schönsten Fotos, Bilder und Ausstellungsstücke zu besichtigen gab. In der Küche beispielsweise stand eine Vitrine mit großen Glasscheiben, in der sich unzählige kleine Geschenke stapelten: Ringe, Pins, kleine Schachteln, Aufnäher, Aufkleber, alte Broschüren – alle mit dem geflügelten Totenkopf versehen. Ich konnte kaum genau hinschauen, da ging es schon weiter. Und plötzlich stand ich im Schlafzimmer des „Chiefs". Nicht, dass es jetzt ein irgendwie außergewöhnlicher Raum gewesen wäre, das nicht. Doch schon sonderbar, auf einmal in einem so intimen Raum zu stehen. Schließlich bettete hier der berühmteste Rocker der Welt sein Haupt zur Ruhe! Aber scheinbar sieht man das in Amerika gelassener als in Europa, oder wenigstens im Hause Barger. In der Küche bot Sonny mir etwas zu trinken an und als wir beide eine Flasche Wasser in der Hand hielten, setzten wir uns unter das Vordach in den schützenden Schatten. Hier unterhielten wir uns über das Altwerden und ich führte mein erstes Interview mit Ralph Barger. Ganz rücksichtsvoll hatte er zuvor die großen Röhren des Klangspiels mit einem Gummiband zusammengebunden, damit diese meinen Mitschnitt nicht stören konnten.

Ich will ja nicht alles wieder aufwärmen, was du schon 500 Mal gefragt worden bist. Ich bin interessiert an deinem Leben jetzt und hier, wie es dir geht und was du so den ganzen Tag lang machst.

Was wichtig ist, ist, dass ich nicht der Sprecher der Hells Angels bin. Mein Leben ist der Club, aber ich mache keine Politik und keine Richtlinien mehr.

Also, wie muss man sich einen normalen Tag im Leben des Sonny Barger vorstellen?

Zuerst mal: Mein Leben ist langsamer geworden. Und jetzt nochmal zusätzlich, weil ich kürzlich (im Frühjahr 2012, der Autor) noch eine Operation hatte. Aber normaler-

Freedom und Hannah sind Sonnys Lieblinge – er holte beide von der Straße.

In seinem Gym trainiert Sonny täglich, um in Form zu bleiben.

weise stehe ich morgens um fünf Uhr auf, genieße eine Tasse Kaffee und gehe dann zu meinen Pferden, um sie zu füttern. Dann putze ich den Pferdestall, denn das Beseitigen der Pferdeäpfel verhindert die meisten Fliegen. Wenn das alles fertig ist, ist es gegen halb sieben und ich gehe in mein Fitnessstudio, was in letzter Zeit nach der Operation nicht möglich war, aber im Normalfall ist das so. Dann mache ich Sport für ein bis anderthalb Stunden und das fünf Tage die Woche. Dann gehe ich ins Haus, dusche und frühstücke. Ich nehme gern Proteingetränke für mein Frühstück. Ich trinke also gern mein Frühstück, dann sattle ich mein Pferd und reite für 'ne Stunde oder so. Nicht jeden Tag, aber ein paar Tage die Woche mache ich das so. Und dann später fahre ich eine Runde auf dem Motorrad. Gegen 21 Uhr gehe ich ins Bett, sodass ich um fünf wieder aufstehen kann. Außer, wenn etwas angesagt ist – Clubtreffen, Ausfahrten, Partys. Aber dann stehe ich trotzdem fünf Uhr auf, mache dann höchstens ein Mittagsschläfchen zwischendurch. Ich werd schließlich 75 Jahre dieses Jahr. Ich habe den Krebs besiegt in den 80er-Jahren, als ich Kehlkopfkrebs hatte, und letztes Jahr haben die Ärzte die Prostata herausoperiert, die von Krebs befallen war. Und nun sieht es so aus, als ob ich vom Krebs befreit bin – wieder! Ich schaue etwas fern gegen

Genießer: Smokey und Goose bei der Verabreichung der geliebten Pfefferminzbonbons.

17 Uhr. Dann füttere ich die Pferde wieder und bewege sie etwas und lass sie etwas laufen. Im Sommer, wenn es richtig heiß ist, lass ich sie im Stall, wo sie Schatten haben, und nachts lass ich sie in die Arena hinein, sodass sie Auslauf haben. Im Winter genau umgekehrt, da nehm ich sie nachts in den Stall, wo es wärmer ist. Es ist immer wieder ein Hin und Her.

Du bist scheinbar ein großer Tierliebhaber. Deine Hunde sind immer um dich herum.

Ja, ich liebe sie! Ich spiele gern mit meinen Hunden. Mein Rottweiler ist leider vor Kurzem gestorben. Er hat es immerhin 13 Jahre geschafft. Er hieß Renfield. Kennst du Draculas Laborpartner Renfield? Er hat immer Fliegen gefressen! Das hat mein Rottweiler auch gemacht, deshalb bekam er diesen Namen. Er war ein geretteter Hund.

Meine jetzigen Hunde heißen Freedom und Hannah. Freedom ist ein Hund, den wir von der Straße gerettet haben, wir fanden ihn an der Autobahn, nannten ihn deshalb Freeway. Später haben wir ihn umbenannt, jetzt heißt er Freedom. Unser deutscher Schäferhund heißt Hannah, wir haben sie knapp ein Jahr. Wir holen keine Welpen, meine Frau und ich retten Hunde lieber.

Und wie kamst du auf die Pferde? Dieses Hobby ist ja noch nicht so alt …?

Ich habe vor ca. 15 Jahren, mit 60 Jahren, begonnen zu reiten. Ich werde ihren Namen nicht preisgeben, aber ich hatte eine Frau geheiratet, die Pferde gehabt hat. Es war eine beschissene Ehe, sehr schlecht, aber ich habe nach der Scheidung die Pferde behalten. Beim ersten Mal, als ich geritten bin, hat es gleich sehr viel Spaß gemacht. Es ist schwieriger als Motorradfahren, Mann, denn man muss das Pferd dazu bringen, dass es das tut, was du willst – ein Pferd hat auch ein Gehirn! Unsere Pferde sind beide 13 Jahre alt. Mein Pferd ist Smokey, das kommt von seiner Farbe, sieht aus wie Hirschleder oder Buckskin. Ich habe es, seit es vier Jahre alt war. Zoranas Pferd heißt Goose, es hat ein grau-weißes Specklemuster, fast wie eine graue Gans, und so kamen wir auf den Namen Goose. Wir haben es seit knapp acht Jahren.

Also haben die geliebten Motorräder Konkurrenz bekommen – was machst du denn lieber: reiten oder fahren?

Ich fahre mit dem Motorrad, liebe aber auch die Pferde. Ich könnte beides jeden Tag machen. Wenn ich wählen müsste, wäre es das Motorradfahren. Zorana und ich fahren ja beide eine Victory. Ich hatte erst eine 2008 Vision und seit kurzem eine brandneue schwarze Cross Country und Zorana fährt eine 2010 Cross Country. Im ersten Monat, als sie das Motorrad hatte, fuhr sie 7000 Meilen! Wir haben die Motorräder vollgepackt und sind nach Idaho gefahren, und dann die Küste runter bis LA. Und das gleich im ersten Monat, nachdem Zorana ihr Motorrad bekam! Sie wollte sie unbedingt richtig testen. Sie liebt die Ausfahrten mit mir.

Also hast du jetzt so richtig Zeit fürs Motorradfahren ?

Ich kann nicht sagen, dass ich mehr oder öfter fahre als zuvor. Meine Victory war 2,5 Jahre alt und hatte schon 90 000 Meilen drauf. Wobei, wäre ich noch jünger und gesundheitlich besser drauf, hätte ich locker 150 000 Meilen. Oh, ich liebe Motorradfahren! Lass mich überlegen, wenn ich nach Kalifornien gefahren bin in die Bay Area, manchmal drei, vier Mal im Monat, sind wir für einen Tag hingefahren und danach gleich wieder nach Hause zurück. Das waren manchmal 1 000 Meilen am Tag! Aber 800 Meilen am Tag sind immer drin …

Pferde und Motorräder klingen gut. Aber was machst du nicht so gern?

Autofahren ist nichts für mich. Wenn ich so zurückdenke, habe ich meinen Pick-up in den letzten fünf Jahren vielleicht fünf Mal selber gefahren. Ich mach alles auf dem Motorrad. Wenn wir doch mit dem Pick-up fahren, sitzt meine Frau hinterm Steuer. Wir leben in Arizona und fahren durchschnittlich 360 Tage mit dem Bike. Es ist so schön hier. Letztens bin ich den Pick-up selber gefahren, rückwärts, um was aufzuladen, und bin in einen Baum gefahren. Als ich jünger war, bin ich öfter Auto gefahren, kurz bevor ich zum Militär ging, hatte ich ein eigenes Auto.

Nach dem Militärdienst, als ich 17 war, habe ich mir ein Motorrad gekauft. Als ich genug Geld hatte, habe ich mir ein Auto gekauft, aber wenn ich Pleite war, habe ich es wieder verkauft. Ich habe aber nie ein Bike verkauft wegen des Geldes. Seit ich 18 bin, bis heute, habe ich immer ein Motorrad gehabt. Außer der Zeit, als ich im Gefängnis saß, da habe ich am Tag, als ich in den Knast ging, mein Motorrad verkauft. Und als ich wieder raus kam, habe ich am gleichen Tag noch ein neues gekauft.

Du trägst den Deathhead ein Leben lang. Wie ist das für dich, praktisch jede Minute mit ihm zu verbringen – er ist doch sicher längst ein Teil von dir, so wie ein Arm oder ein Bein?

Ich weiß gar nicht, wie es ohne ist, was die Alternative ist. Es ist schwer zu sagen, weil ich nie etwas anderes gemacht habe.

Wie ist das, älter zu werden? Ist es schwer zu akzeptieren, dass man vergänglich ist, wenn einem im Leben niemand etwas anhaben konnte?

Wir sind nicht mehr die Jüngsten, ich werde 75 dieses Jahr und meine Frau wird 55. Älter werden ist ziemlich fucked up – ziemlich scheiße. Ich bin der Meinung, wir sollten alt geboren werden und dann jünger werden. Und wenn die Zeit kommt, dass man schlau genug ist, sollte man ausreichend Geld verdienen, um das Leben zu genießen, statt anders herum. Denn wenn man die Zeit erreicht, wo man gestanden genug ist, vielleicht ein schönes Motorrad hat, genug Geld, ein Haus und glücklich verheiratet ist, ist man manchmal zu alt, um das zu genießen. Andererseits ist man nie zu alt, um das Leben zu genießen, aber es macht natürlich viel mehr Spaß, wenn man jünger ist. Aber es macht mir nichts aus – es ist leider, wie es ist. Die Alternative zum Altwerden ist jung sterben! Aber alt zu werden, ist viel besser …

Und wie reagieren deine Brüder aus dem Club?
Wir haben unsere Clubausfahrten und Sitzungen, an denen ich jede Woche teilnehme, z.B. auch unsere USA Runs und den 4. Juli, den Unabhängigkeitstag mit Party, und an all diesen Dingen nehme ich nach wie vor teil. Ich rede aber ungern über den Club, ich bin halt nicht mehr der Vorstandssprecher. Weil, hm, wie soll ich das jetzt erklären, weil ich jetzt alt bin, der Club duldet mich. Wenn man über 70 ist, hat man keine Idee, wie ein 30-jähriger heutzutage denkt, verstehst du? Als ich 30 und 40 war und Präsident des Clubs, wusste ich, was alle gedacht haben. Ich wusste auch, was alle taten und was rund um den Globus los war. Heutzutage habe ich Schwierigkeiten zu verstehen, was ich selber tue! (lacht). Also steige ich auf mein Motorrad, fahr zur Versammlung und zu Treffen und zu Partys, und alle dulden mich. Man sagt Hallo, man lädt mich zum Drink ein. So ist das nun, aber es ist trotzdem schön.
Bist du anders geworden mit den Jahren? Gütiger, gerechter, vielleicht sogar spirituell?
Als ich noch jung war, dachte ich, man kann alles mit einer Schlägerei regeln. Ich liebe Boxen und wenn es eine Auseinandersetzung gab, haben wir es eben ausgeboxt. Heute geht das gar nicht mehr. Ich habe gelernt, wie man verhandelt, und wenn das nichts hilft, boxe ich mal, wenn es notwendig ist. Aber das ist sehr, sehr selten. Wenn es hart auf hart kommt, springt einer meiner Freunde ein und übernimmt das, bevor ich überhaupt anfangen kann. Ich mag das aber nicht. Eigentlich mag ich es überhaupt nicht, aber es passiert manchmal.
Ich glaube nicht, dass ich liebenswürdiger geworden bin als früher. Ich war schon immer eher sanft und entspannt und ich wollte immer für eine ausgeglichene Situation sorgen. Ich mag keine Rüpel, ich hasse Menschen, die andere schikanieren. Das sind diejenigen, denen ich immer eine auf die Fresse gehauen habe. Ich hasse Tyrannen! Und das sind meiner Meinung nach Polizisten und Bullen, das sind Tyrannen und Rüpel! Das waren die immer. Die nennen uns eine Gang, die wollen, dass wir eine Gang sind. Und das sind wir nicht! Wir sind ein Motorradclub. Aber es gab diesen Typen, ich glaube er hieß Daryl Gates, er war Polizeichef der Stadt Los Angeles. Er stellte 15 Meter hohe Werbetafeln auf, wo drauf stand: Werde Mitglied der größten Gang der Welt! – Werde ein LA Cop! Da stellt sich doch die Frage, wer die echten Gangster sind? Wir oder die Bullen? Wir haben eine Stadt genau neben uns, wo die Polizisten mindestens fünf Leute pro Woche erschießen! Ohne Scheiß – fünf Mann die Woche! Und dann gab es den Polizisten, der einen unbewaffneten Mann erschossen hat, der geistig zurückgeblieben war und ein Kind in seinen Händen hielt. Und das war bereits die siebente Person, die dieser Bulle erschossen hat! Jetzt erzähl mir, dass der kein Tyrann oder Rüpel ist. Und sie haben jede Erschießung gerechtfertigt, außer der letzten. Jetzt ist der Bulle suspendiert und wird einen Prozess kriegen. Aber er hat einen Mann erschossen, der ein Kind im Arm hatte! Und er sagte, er dachte, dass sein und das Leben des Babys in Gefahr war. Und hätten die Staatsanwälte die restlichen sechs Erschießungen des Mannes tiefgründiger untersucht, hätten sie festgestellt, dass die alle unnötig und nicht gerechtfertigt waren. Aber er hat stattdessen noch Auszeichnungen bekommen!
Wie ist dein Verhältnis zu Freundschaft? Du hast sehr viele Freunde im Club – was ist dir an einem Freund wichtig?
Wenn du loyal zum Club bist, wenn du nicht lügst – dann bist du mein Freund. Ich bin loyal zum Club und ich lüge nicht. Ich bin auch der Meinung, wenn du Tiere nicht magst, kann ich dir nicht vertrauen. Auch wenn meine Tiere dich nicht mögen, weiß ich, dass man dir nicht trauen kann.
Hast du viele Freunde außerhalb des Clubs?

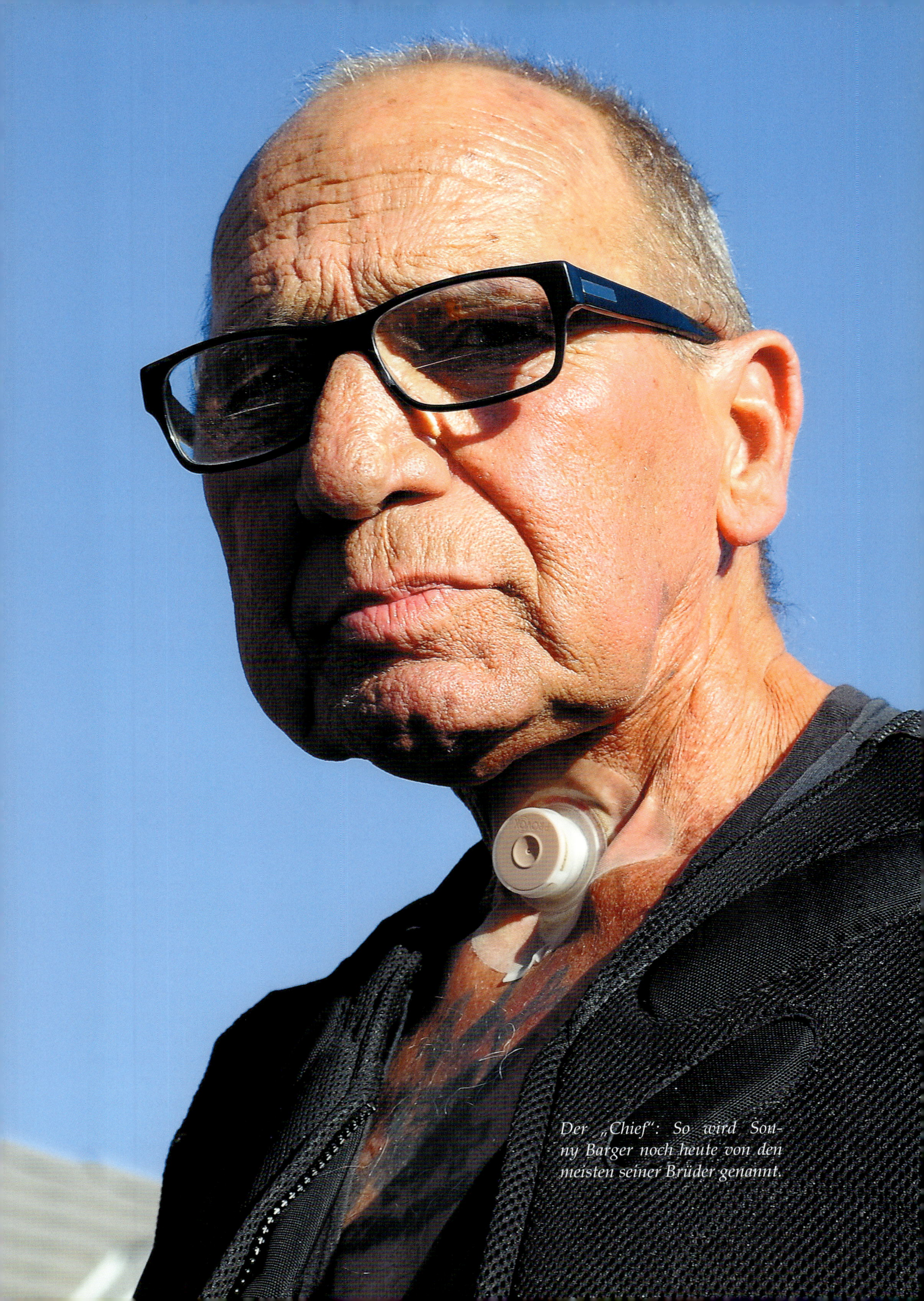

Der „Chief": So wird Sonny Barger noch heute von den meisten seiner Brüder genannt.

Ich habe auch viele Freunde außerhalb des Clubs, mit denen ich Kontakt halte, echte Freunde. Mit denen ist es das Gleiche wie mit dem Club. Wir können uns hinsetzen, uns unterhalten, was zusammen trinken, und wir müssen uns keine Gedanken darüber machen, dass ich dir was wegnehme oder du mir. Wir sind halt Freunde. Ich habe auch noch Freunde, mit denen ich Kontakt habe seit meiner Jugendzeit. Ich habe auch eine Schwester, aber keine Kinder. Viele sagen, dass ich ihr Vater bin, aber das stimmt nicht. Wir lachen immer darüber.

Wenn du auf die vielen Jahre zurückblickst – was war deine beste Entscheidung in deinem Leben? Und welche war die schlechteste, was bereust du vielleicht?

Ich glaube, dass ich die beste Entscheidung im Alter von 17 Jahren getroffen habe. Ich wurde aus dem Militär geschmissen, weil ich zu jung war, und ich kam zurück in die Bay Area nach San Francisco bzw. Oakland. Ich lebte in Oakland in den 50er-Jahren, und da gab es eine Gruppe von Menschen, die Beatniks genannt wurden. Sie waren sehr populär und bekannt, einer von denen hatte ein Buch geschrieben, das hieß „On the road" von Jack Kerouac. Ich habe dieses Buch gelesen, Jack und Neal Cassidy und Allen Ginsberg und alle diese Jungs kennengelernt. Es waren keine Freunde, aber gute Bekannte, und wir haben uns öfters unterhalten. Ich habe dann versucht, mich zu entscheiden: Will ich ein Beatnik oder ein Biker werden? Und nun bin ich über 56 Jahre später immer noch ein Biker – und die Beatniks gibt es nicht mehr. Also war das die beste Entscheidung, die ich je getroffen habe.

Und die schlechteste?

Das ist ziemlich schwer, denn wenn ich darüber nachdenke, gab es nie eine schlechte oder die schlechteste Entscheidung. Wenn ich schlechte getroffen habe, dann habe ich sie geändert. Ich habe nie Angst gehabt, eine schlechte Entscheidung zu ändern. Wenn ich etwas tue und ich sehe, dass es falsch ist, ändere ich es.

Wenn du zurückblickst auf die Anfänge im Club – und es vergleichst mit dem heutigen Zustand: Was sind die größten Unterschiede und was ist immer noch gleich?

Es ist schwer zu erklären. Es ist halt ein komplett anderes Leben als früher. Ich kann mir wie gesagt überhaupt nicht mehr vorstellen, was ein 50-Jähriger denkt und schon gar nicht, was ein 30-Jähriger im Kopf hat! Ich bin einfach froh darüber, dass ich mitfahren kann. Wenn die Jungs Fragen zu etwas haben, kommen sie zu mir und fragen, falls sie meine Meinung wissen wollen. Was viele schon machen, denn sie wollen alles über die alten Zeiten, die Anfangszeiten, wissen. Ich versuche nicht, die Regeln zu machen, ich bestehe auch nicht darauf. Die Jungs haben ihre Offiziere, die haben ihre Members, und ich bin nur ein Teil vom Club. Ich laufe einfach mit heutzutage. Ich war zweimal im Knast und ich habe am meisten während dieser Zeit vermisst, mit meinen Brüdern und dem Club zusammen zu sein. Aber es war ein sehr wichtiger und bedeutender Teil meines Erwachsenwerdens.

Welche Musik magst du?

50er und 60er Country-Musik und Westernmusik. Vor allem die alten Sachen. Die Musik heutzutage ist gar nicht mein Ding. Das Zeug, was man heutzutage Musik nennt, ist mir zu hart. Sogar modernen Country mag ich nicht. Ich stehe auf drei Akkorde auf einer Gitarre, eine einfache Melodie gibt mir alles.

Du trainierst viel und hart in deinem Gym. Man sagt, du stößt heute noch 200 Pfund. Stimmt das?

Bis ich 50 Jahre alt war, habe ich 125 Kilogramm oder mehr an der Bank gedrückt. Aber nach meinem Kehlkopfkrebs und nun nach meinem Protatakrebs schaffe ich es nicht mal, 70 Kilo zu drücken. Guck mal, wie mager ich bin! Wenn ich diesen Scheiß überstehe, dann geht's zurück in den Fitnessraum mit Gewichtheben. Heutzutage trainiere ich nicht mehr, um zu sehen, wie stark ich bin. Ich trainiere, um gesund zu sein und zu bleiben. Das ist ein großer Unterschied. Denn man kann sehr stark sein, dafür aber ungesund. Ich habe geraucht, ich habe Krebs bekommen, ich habe mit der Raucherei aufgehört. Weißt du, was COPD ist? Chronic Obstructive Pulminary Disease (COLE – chronisch obstruktive Lungenerkankung) – das habe ich bekommen. 30 Jahre nachdem ich aufgehört habe zu rauchen! Ich habe vier Schachteln Camel am Tag geraucht. So habe ich jetzt etwas Schwierigkeiten zu atmen. Ich kann alles machen, aber ich muss immer etwas langsam machen. Ich kann nichts mehr schnell erledigen.

Es wird ja immer behauptet, es gäbe ein Schreiben, ein Dokument der AMA (American Motorcycle Association), das den Begriff der „Einprozenter" begründet hätte und dass du im Besitz dieses Schreibens wärst.

Es gibt kein Dokument. Die haben es in den Nachrichten und in den Zeitungen erzählt: Die AMA-Leute wären die Menschen, die Motorrad fahren, und die Hells Angels sind das eine Prozent, das alles versaut. Es gibt kein Dokument für diese Aussage. Es wurde nur im Radio, Nachrichten und Zeitungen gesagt. Hast du die Serie „Sons of Anarchy" gesehen? Das ist, was alle denken, was wir sind. Wir haben vielleicht ein oder zwei spannende Tage pro Jahr. Der Rest ist wie jetzt. Wir sind genau wie du! Die Menschen wollen das aber nicht wissen. Man denkt, dass wir unterwegs sind, um Menschen umzubringen und zusammenzuschlagen, sieben Tage die Woche, 365 Tage im Jahr. Das ist, was die Menschen hören wollen – aber wir sind nichts anderes als du.

Wir unterhielten uns noch über sein Business, er verkauft seine Bücher, die er geschrieben hat, in alle Welt. Insgesamt sind es sechs Titel, die er vertreibt, sein erstes Buch „Hells Angels" ist in 28 Sprachen übersetzt worden. Sonny erklärte: „Wir machen ein wenig Geschäft, ich habe eine kleine Versand-Firma, verkaufe meine Bücher sowie T-Shirts und Zorana nimmt die Bestellungen entgegen und druckt sie aus und ich packe alles zusammen, dann schicken wir alles los. Das nimmt ein paar Stunden täglich in Anspruch. Wir verdienen nicht viel Geld, aber es sind viele kleine Dinge, die zusammenkommen, und so kommen wir über die Runden."

Seit zwei Jahren lebten sie in ihrer kleinen Ranch. „Wir haben sehr viel Arbeit investiert, sind aber noch längst nicht fertig. Man musste sie erst wieder bewohnbar machen. Ich habe Freunde, die uns viel helfen, die Innenausstattung hat meine Frau selber gemacht. Bei Elektrik und Sanitär haben uns Freunde geholfen, den Rest machen wir selbst", erzählte Sonny. „Wir haben etwa 40 Bäume abgesägt, damit wir ausreichend Platz für unsere Pferde haben. Komm, ich zeig's dir, damit du 'ne Vorstellung hast …" Der Grund, aus Cave Creek wegzuziehen, war die zunehmende Besiedelung der Gegend. Sonny: „Wir wohnten an der 14. Straße –das war eigentlich schon außerhalb, aber alle haben gesagt, das es Cave Creek ist. In Wirklichkeit hieß es Desert Hills. Mal sehen, ob ich es erklären kann." Und dann erzählte er von der Kleinstadt Cave Creek nahe Phoenix und dass daneben das Dörfchen Anthem gebaut wurde. Die Gemeinden wurden miteinander verbunden, aber es gab keine Straßenlaternen und keine Bürgersteige, nur Schotterpisten. Man durfte Pferde haben. Doch dann wurden nach und nach an die 50 000 Häuser gebaut rund um Desert Hills und Sonny sagte zu seiner Frau, es wird Zeit für uns, wegzuziehen, denn bald wird es Bürgersteige und Straßenlaternen geben. Diese gibt es inzwischen, und die beiden haben sich im neuen Heim eingelebt. Sie bekamen wie eh und je viel Besuch, oft ging es zu wie im Taubenschlag.

Bei meinem nächsten Besuch war genau so eine Zeit. Sonny Barger war ohne Pause unterwegs, feierte neben seiner Anniversary (56 Jahre bei den Hells Angels!) auch die Vorstellung seines Films „Dead in Five Heartbeats". Die Promotion lief gerade mit voller Kraft an, und Sonny wie Zorana, die als Executive Producer an der Herstellung entscheidenden Anteil hatte, stürzten sich mitten hinein ins Gewimmel. Im Silver 8 Cinema auf der Bell Road in Phoenix stand die öffentliche Uraufführung des Filmes bevor, in der Woche darauf sollte es tägliche Vorstellungen geben. Und am Ende dieser Woche – die Bargers ließen es sich nicht nehmen, täglich zu einigen Vorstellungen aufzukreuzen – stand Sonnys Feier anlässlich seiner 56-jährigen Zugehörigkeit bei den Angels an. Ein ambitioniertes Programm für einen beinahe 75-Jährigen! Doch das schien ihm überhaupt nichts auszumachen, er wirkte dieser Tage frisch und munter, freundlich und offen zu jedermann und es gab niemand, der seinen Autogramm- oder Fotowunsch nicht von Sonny Barger erfüllt bekommen hätte.

Ich fand den Weg dieses Mal allein zum Barger-Anwesen. Letztes Mal wurde ich eskortiert, das war nun nicht mehr nötig, man kannte sich ja bereits. Eine Wache stand am Tor, nickte mir zu, stellte aber keine Fragen und ließ mich passieren. Im Hof standen bereits etwa ein Dutzend Harleys, manche mit Taschen, die auf der Rücksitzbank verschnürt und befestigt waren. Eine Gruppe Männer stand etwas abseits und unterhielt sich. Ich steuerte auf die Veranda zu, unter der ich im Jahr zuvor schon mit dem Hausherren gesessen hatte, und grüßte die dort sitzende Gruppe. Es waren fünf Männer, zwei davon Hells Angels aus Kalifornien, zwei andere hatten das Color der Sons of California auf dem Rücken. Ich fragte sie, wo Sonny sei, und einer meinte, er wäre im Haus. Also zögerte ich nicht weiter, sondern betrat das Haus durch den Haupteingang. Im Wohnzimmer fand ich niemanden vor, aber aus der Küche drangen Stimmen. Ich ging um die Ecke und da saßen Zorana und einige andere Mädels und hielten Hof. Sie schienen Spaß zu haben, denn lautes Lachen erfüllte den Raum und sie beruhigten sich gar nicht wieder. An der Stirnseite des Tisches, an einen Küchenschrank gelehnt,

Küchengespräche: Sonny lauscht der Damen-Runde amüsiert.

Riding with the Angels: Sonny führt das Pack an.

stand Sonny, die Hände in die Taschen versenkt, und beobachtete das Schauspiel. Er stand da ganz still, sagte nichts, nur ein angedeutetes Lächeln huschte über sein Gesicht. Was für ein Bild!

Wir begrüßten uns und saßen später draußen an einem großen runden Tisch. Eine bunt gemischte Runde war das, und wir unterhielten uns über alles Mögliche. Ein Angel aus Kalifornien erzählte über seine Erlebnisse mit deutschen und US-Behörden bei Ein- und Ausreise und wie er regelmäßig schikaniert werde. Da hatte ich aus deutscher Sicht auch einiges zu erzählen, was das betraf, und wenn nicht Sonny zum Essen gerufen hätte, wäre das Thema wohl noch stundenlang diskutiert worden. Ab und an kam ein neuer Gast auf den Hof gefahren, und so langsam füllte sich die Ranch. Im Haus und auch draußen gab es im späteren Verlauf der Party die ersten Drinks und irgendwann wurde auch der legendäre Moonshine-Likör verkostet. Es gab ihn in Rot und in Gelb und er schmeckte süß. Seine Besonderheit aber war der hohe Alkoholgehalt, denn der lag bei 80 Prozent! Die Angels kennen dieses Gesöff schon sehr lange, bereits Johnny Angel hatte mir davon erzählt. Davon konnte man nur kleinste Mengen nehmen, denn im Falle der Übertreibung würde der Abend nicht lang werden. Irgendwann verließ ich den Platz, mir reichte es, aber am nächsten Mittag, als ich wiederkam, sahen alle etwas derangiert aus. Bis morgens um neun Uhr hätte die Party gedauert, erst dann seien sie ins Bett gekommen, erzählte Zorana, der die Mühen kaum anzusehen waren. Aber alles sah genau aus wie am Tag vorher, nur, dass jetzt noch mehr Typen auf dem Gelän-

Auf dem Weg nach Phoenix. Sonny unterwegs mit Brüdern und Freunden ins Kino.

de herumlungerten. Nur Sonny schien das alles nicht weiter zu interessieren. Er saß mal hier, wechselte ein paar Worte da und als es ihm zu viel wurde, verzog er sich in ein Nebengebäude, in dem sein Gym und sein Bücherlager untergebracht waren. Irgendwann tauchte er wieder auf, ging zu seinen Pferden und fütterte sie mit Pfefferminzbonbons.

Es dauerte nicht lange, da kam Bewegung auf. An den Bikes entstand Unruhe, alle machten sich fertig. Der Ritt nach Phoenix stand an, denn bald würde Sonnys Film „Dead in Five Heartbeats" zum ersten Mal in der Öffentlichkeit gezeigt werden. Das Werk basierte auf seinem eigenen Buch und ist autobiografisch angelehnt, wenngleich der Held im Buch „Patch" Kinkade heißt und der Club, dem er angehört, die „Infidelz" sind. Es geht um Werte und Lebensart, Konflikte und deren Lösung, und das Besondere an dem Film ist, dass die Schauspieler zu 90 Prozent echte Clubmember waren und nur sehr wenige professionelle Schauspieler engagiert wurden. Einer davon war Hauptdarsteller Jeff Black, der den Patch spielt, und der auf frappierende Art so aussah wie Sonny vor 40 Jahren. Die Marketingcrew hatte sich das zunutze gemacht und eine Bildcollage in Umlauf gebracht, auf der beide – Sonny vor langer Zeit und Jeff im Film – Seite an Seite abgebildet waren. Man kann kaum herausfinden, wer nun wirklich wer ist.

Mit ohrenbetäubendem Lärm startete das Pack und wir rollten vom Hof. Geblockt wurde nicht, aber das war auch gar nicht nötig, denn hier draußen gab es ohnehin kaum Verkehr. Nur wenige Meilen später erreichten wir die Interstate und nun wurde es richtig laut. Die Gasgriffe wurden voll aufgerissen und das Pack machte einen regelrechten Satz nach vorn. Die Auspuffe brüllten auf und wir hüllten uns in eine Wolke aus Lärm. Noch auf dem Beschleunigungsstreifen hatten wir mehr Speed als die auf der Interstate fahrenden Fahrzeuge und dementsprechend enterten wir den doppelstreifigen Asphalt. Das war keine Attitüde oder Kraftmeierei, das war einfach ganz selbstverständlich, zehntausende Male durchgezogen, ohne jegliche Protzerei. So war es einfach: Sobald die Strecke vor einem liegt – Vollgas. Die Meilen bis Phoenix gingen schnell vorüber und im Stadtgebiet weitete sich die Interstate auf sechs Spuren. Es ging flott voran und bald kam die Ausfahrt „Bell Road" in Sicht, an der wir ausscherten und abbogen. Das Kino befand sich inmitten einer der großen Einkaufsmalls, und während wir uns langsam durch die Zufahrtsstraßen schlängelten, sahen wir schon die vielen Cops. Etliche Polizeiautos waren zu sehen, überall standen Uniformierte, rauchten, unterhielten sich und schauten zu uns herüber. Wir parkten direkt vor dem Kino ein, wo eine ganze Reihe Parkplätze eigens für uns abgesperrt worden war. Etliche Leute waren schon da und warteten auf die prominenten Ankömmlinge. Sonny stellte seine Victory ab und schwang sich vom Sattel, um seiner Frau zu helfen, die beim rückwärts Einparken der schweren Maschine – sie fuhr ebenfalls eine Victory – ziemlich zu tun hatte. Als alle eingeparkt hatten, kamen die ersten Wartenden, um Hallo zu sagen. Und wenige Minuten später hatte sich ein dichtes Knäuel um Sonny gebildet, jeder wollte etwas von ihm: Eine Unterschrift, ein paar Worte oder ein gemeinsames Foto. Mit schier unerschöpflicher Geduld stellte sich Barger diesen Anforderungen, und es kamen auch noch etliche Journalisten und TV-Reporter hinzu, die ihr Recht einforderten. Und so bewegte sich Sonny gleichermaßen im Schritt-Tempo

Hilfestellung: Die Victory wiegt über 340 Kilogramm.

zum Kino hin, zeitlupenartig, immer wieder unterbrochen von Interviews, in denen er die immer gleichen Fragen beantwortete. „Ist der Film autobiografisch?“ „Nein, er ist fiktiv. Aber viele Dinge sind so vorgekommen oder könnten so geschehen.“ „Stimmt es, dass auch viele Hells Angels in dem Film mitspielen?“ „Ja, ebenso wie viele reale Biker aus anderen Clubs. Das ist authentisch und bei einem Independence-Film auch gar nicht anders machbar.“ „Wird das Ansehen der Motorradclubs nach diesem Film besser sein?“ „Ich hoffe doch, denn in diesem Film wird gezeigt, was wirklich abgeht. Und dass Motorradclubs keine Gangs sind, sondern wirklich Motorradclubs.“ Und so weiter …

Nachdem der Fragemarathon vorüber und alle Begehrlichkeiten der Presse befriedigt waren, löste sich Sonny aus dem Pulk und ging zur Tür des Kinos. Chuck Zito, der berühmte Ex-Angel aus New York, hatte sich dazu gestellt und grinste breit in jede Kamera. Zito war einer der prominentesten Angels weltweit und erlangte Ruhm u. a. als Schauspieler, Leibwächter für die Prominenten sowie als Gefährte von Pamela Anderson, dem Busenwunder aus „Baywatch“. Unter Bikern erzählt man sich immer wieder die Geschichte, dass Zito im Streit den Actiondarsteller van Damme verprügelt hätte. Der Wahrheitsgehalt ist natürlich nicht nachprüfbar, aber die Story hält sich hartnäckig …

Endlich erreichte Sonny die Tür des Kinos und betrat das Innere des Silver 8 Cinemas. Ein modernes Kino mit verschiedenen

Medienauflauf bei der Filmpremiere von „Dead in Five Heartbeats“.

Ganz nah dran: Der Nachwuchs ist immer dabei, auch im Kino.

Keine Berührungsängste: Sonny im Plausch mit den reichlich vertretenen Ordnungshütern.

Auch Chuck Zito (l.) hat Spaß, als Sonny mit der Polizei über den Film spricht.

Die Darsteller und Mitwirkenden an „Dead in Five Heartbeats".

Sälen und einem Counter in der Mitte, an dem man seine Tickets und die obligatorische Verpflegung für den Film erwerben konnte. Überall drängte sich Bikervolk und vor dem provisorischen Verkaufsstand, an dem es diverse Merchandisingartikel von „Dead in Five Heartbeats" gab, war fast kein Durchkommen. Inzwischen waren auch andere Darsteller anwesend wie Jeff Black alias „Patch" oder Chico, der im Film den Presidenten der Infidelz spielt und in Wirklichkeit Chef der Hells Angels Phoenix ist. Sie posierten für die unzähligen Kameras und Handys, jeder wollte eine Erinnerung an diesen Tag mit nach Hause nehmen. Auch Regisseur Jeff Santo half mit am Stand und rollte Poster, beantwortete Fragen und ließ sich alle paar Sekunden mit jemandem ablichten. Endlich war es so weit, ein Gong ertönte und alle begaben sich zum Kinosaal, in dem die Premiere stattfinden sollte. Der Saal war brechend voll, jede Menge Patchholder waren anwesend – wie sich herausstellte, waren das vor allem Member der Clubs, die im Film eine Rolle spielten oder Freunde der Darsteller, die einfach sehen wollten, was ihre Brüder da auf die Beine gestellt hatten. Sie wurden nicht enttäuscht, denn was „Patch" und seine Laienkollegen aus den Clubs da auf die Leinwand gezaubert hatten, war besser als all jenes, was in den 60ern und später als trashige B-Movies das Dunkel der Kinosäle erblickte. Und auch die Streifen aus den 80ern und 90ern, die mit Motorrädern zu tun hatten, waren meist mainstreamiger und klischeebehafteter Müll. „Todeslied der stählernen Ketten", „Rockerschlacht in Northville" oder „Bigfoot gegen die Rockerbande" waren reiner Trash, und spätere Filme mit Ice Cube, Mickey Rourke und Nicolas Cage sind ebenso wenig ernst zu nehmen wie die alberne „Born to be wild"-Komödie mit John Travolta, die es immerhin noch schafft, wenigstens eine Botschaft an die Rockerclubs zu versenden, die da heißt, sich nicht zu ernst zu nehmen und sich wieder auf das Wesentliche zu konzentrieren: Fahren, Feiern, Frauen …

„Dead in Five Heartbeats“ bietet ebenfalls gute Unterhaltung, es geht um Treue, Verrat, Ehre und Werte. Die überzeugenden Figuren und die atemberaubenden Fahrszenen geben dem Film einen realistischen Rahmen, sodass nicht nur die MC-Szene Arizonas flächendeckend zu bewundern ist, sondern auch ein tiefer Einblick in die wirkliche Welt der Einprozenter ermöglicht wird. Selbstverständlich bleibt das Ganze ein Film, aber dank Sonny Bargers Autorenschaft dürfte die Authentizität des Geschehens über sämtliche Zweifel erhaben sein. Sonny selbst saß inmitten der Premierengäste und genoss es, die unmittelbaren Reaktionen auf das Geschehen auf der Leinwand zu erleben. Als er selbst in einer kurzen Nebenrolle auftauchte und einen Bargast spielte, der ängstlich vor dem Rockerbesuch wegschaut, machte sich Heiterkeit im Saal breit. Auch als im Abspann des Filmes der Dank an die beteiligten Clubs lief, brandete bei jedem einzelnen Namen Jubel auf, der meiste aber, als die Zeile „Hells Angels“ auftauchte. Riesenbeifall begleitete das Ende des Filmes, als das Licht wieder angeschaltet wurde. Im Foyer des Kinos sowie im angrenzenden Restaurant diskutierten die meisten der Besucher noch lange über den Film. Sonny, Patch und die anderen hatten noch lange zu tun, um all die Autogramm- und Fotowünsche zu befriedigen. Dies wiederholte sich noch zehn Tage lang, bis die Vorführungen in Phoenix beendet waren. Man hatte die Kinovorführungen eigentlich nur zu Werbezwecken organisiert, der Film selbst würde später als DVD verkauft werden. Bis zum Ende des Jahres

Hauptdarsteller Jeff Black kommt angeritten – auf einer Victory.

2013 würde eine Roadshow die Darsteller und Mitwirkenden durch etliche US-Städte und deren alte Independence-Kinos führen, um den Film zu bewerben. Pepitos Parkway Theatre in Minneapolis, das Patio Theatre in Chicago, Screenland Armour in Kansas City, Crest Theatre Sacramento, Historic Everett Theatre in Everett, Washington, Alabama Theatre in Birmingham in Alabama, Bellmore Movies, Bellmore im Staate New York – das waren die Stationen. Und überall mittendrin: Sonny Barger, der fast 75-jährige Initiator, Ideengeber und Romanautor.

Was mochte sein Antrieb sein, woher nahm er seine Energie? Wir sprachen einige Tage später darüber. Bescheiden, wie er war, nahm er die Frage nicht als Anlass für eine Lobhudelei, sondern er zuckte mit den Schultern und gestand ein, dass er das selbst nicht so genau wisse. Nur seinen Zorn auf die 20th Century Fox konnte er nicht unterdrücken, denn die aus seiner Sicht unverständliche Zurückhaltung des Hollywood-Giganten hatte erst dazu geführt, dass er seinen eigenen Film aus der Taufe hob.

Was hat dich angetrieben, ein so großes Projekt wie diesen Film zu verwirklichen?

Also, ich habe nicht wirklich das Gefühl gehabt, dass es so aufwendig war. Ich hatte eine Vereinbarung mit Fox für die letzten 14 Jahre, meine Autobiografie zu verfilmen. Aber bis heute haben die das nicht hinbekommen. Aber ich wusste, das Jeff Santo schon drei oder vier Filme gemacht hatte. Deshalb habe ich ihn gefragt, ob er mit mir zusammenarbeiten würde, um aus meinem Buch „Dead in Five Heartbeats" einen Film zu machen. Er hat zugesagt, und tja, da sind wir jetzt.

Glaubst du, dass der Film dazu beiträgt, dass die Leute künftig anders über Motorradclubs denken?

V.l.: Regisseur Jeff Santo, Hauptdarsteller Jeff Black, Chuck Zito, Darsteller Chico und Sonny.

Gut gelaunt glaubt Sonny Barger an den Erfolg des Independence-Films, zu dem er die Vorlage schuf.

Das hoffe ich doch. Es geht nicht um meinen oder um deinen Club. Es geht um alle Bikerclubs und das, was man durchmachen muss, wenn man Mitglied in einem Club ist. Es geht darum zu zeigen, wie die Polizei auf sie reagiert. So bekommt jeder die Gelegenheit zu sehen, dass wir nicht unterwegs sind, um Schlägereien anzuzetteln, Drogen zu verkaufen oder Prostitution zu befördern. Das hat aber die Polizei behauptet, als sie versucht hat uns zu unterwandern.

Du hast ja schon in einigen Filmen eine Rolle gespielt. Wie fühlt man sich da als Schauspieler?

Ich bin ja nicht wirklich ein Schauspieler. Ich spiele mich immer selbst. So wie fast jeder in diesem Film mehr oder weniger sich selbst spielt. In dem Film spielen vielleicht fünf oder sechs echte Schauspieler. Die anderen sind alle echte Biker.

Wie bist du an Typen wie Jeff Black gekommen, der nicht nur die Rolle von „Patch" so überzeugend spielt, sondern auch noch genauso aussieht wie du vor ein paar Jahren?

Oh wie freundlich, so sah ich vielleicht vor 40 Jahren aus. Keine Ahnung, wie die das gemacht haben. Black war ein Freund von Santos. Er fuhr selbst schon lange auf Motorrädern durch die Gegend, bevor er die Rolle bekam.

Du wirkst nicht wie jemand, der 75 Jahre alt wird. Woher nimmst du bloß diese Energie?

Keine Ahnung. Und wenn ich mich mal wirklich wie 75 fühle, dann hält meine Frau Zorana mich schon auf Trab. Ich will mein Motorrad fahren, mit meinen Pferden ausreiten. Um das zu schaffen, braucht es schon Energie.

Aber derzeit bist du jeden Tag auf Achse. Du feierst Anniversary, hast Dutzende Gäste auf deiner Farm, promotest deinen Film und ziehst durch die gesamten Vereinigten Staaten, um „Dead in Five Heartbeats" vorzustellen. Das ist schon stressig für Leute, die halb so alt sind wie du ...

Ja, keine Ahnung wo die Energie herkommt, ich habe eben Glück gehabt. Alle Männer väterlicherseits in der Familie sind so im Alter um die 50 gestorben. Die Frauen mütterlicherseits wurden alle so um die 90 bis 100 Jahre alt. Ich bin da eine Ausnahme, habe alle anderen überlebt und bin älter als 50 geworden.

Wir trafen uns noch einmal, da war der Trubel etwas abgeebbt. Wir aßen zusammen in einem Amish Restaurant. Im Pick-up saß Sonny hinten, seine Frau fuhr. Er bestellte ein Sansberry Steak mit viel Soße, dazu Dr. Pepper und ein Wasser ohne Eis. Natürlich kamen wir wieder auf den Film zu sprechen und er erzählt von früher, als sie in den wildesten Bikermovies mitspielten. Als ich „The wild one" erwähnte, erzählte Sonny, dass er Marlon Brando für einen Maulhelden halte, der den Biker nur gespielt hätte, während Lee Marvin ein wirklicher Biker gewesen sei. Immerhin hatte der Film Generationen junger Männer beeinflusst, die so sein wollten wie die Rocker im Film. Er naschte vom Teller seiner Frau und ließ den Rest des Fleisches für seine Hunde einpacken. Sonny lächelte und sagte, sie würden vor allem die Soße mögen.

Freunde

Ich blätterte in meinen Notizen: *Welcome to the summer! Welcome to Las Vegas! Welcome to the USA!* Als das Flugzeug nur noch ein paar Hundert Meter über den schroffen Bergen von Nevada vor sich hin wackelt, kann ich es noch immer nicht so richtig glauben: Ich habe es getan! Wirklich, einfach getan …

Es war erst einige Wochen her, als ich noch müde lächelte. Erst über die Facebook-Nachricht, dass Sonnys Film nun erstmals in Phoenix gezeigt würde. Prima, dachte ich mit gespielter Gleichgültigkeit, macht mal, aber ohne mich. Kurz darauf wieder bei Facebook: Sonnys 56. Anni würde gefeiert werden, mit Pokerrun und so. Macht mal, dachte ich wieder, aber ohne mich. Und dann kam Maxx' Einladung: Ich weiß ja nicht, ob du gerade in den Staaten bist, wenn wir unsere Hochzeit feiern, aber wir würden uns riesig freuen … Da kam ich ins Schleudern.

Nun hatte ich das Flugticket eingelöst und fuhr in Vegas Taxi. Der Fahrer kam aus Bosnien, erinnerte sich an Carl Zeiss Jena und fragte nach Ballack. Die Travelodge am Strip kannte er nicht, aber er fand den Weg und meinte dann, ach hier, ja, das kenne ich … Die Empfangsdame, eine große Dicke mit roten Haaren, erkannte ich vom vorletzten Jahr wieder, sie arbeite schon sechs Jahre hier, flötete sie erfreut. Ich bekam das gleiche Zimmer wie damals, Nummer 111, direkt davor die Parkplätze. Das liebe ich an den Motels so, dass man das Auto oder das Motorrad immer gleich direkt vor der Tür stehen hat. Irgendwas vergessen? No problem, zwei Schritte zur Tür raus and everything is Okay. Auch das Schleppen des Gepäcks fällt so wesentlich erträglicher aus. Aber dieses Mal habe ich gar kein Gefährt, für das ich einen Parkplatz vor der Tür beanspruchen könnte. Das Motorrad bekomme ich doch erst morgen. Es war sowieso alles zugeparkt. Blöde Gäste aus dem zweiten Stock … Parken mir einfach die Tür zu.

Nach dem Duschen überlegte ich kurz, ob ich im Bett bleibe oder mich aufraffe. Da alle Erfahrung sagt, dass das möglichst lange Wachbleiben am Ankunftstag den Jetlag dramatisch verkürzt, hievte ich mich hoch und schlurfte zur Tür hinaus – direkt auf den berühmten Las Vegas Boulevard, den Strip. Die Massen tobten in beide Richtungen entlang, alles strömte, es war grauenhaft voll. Die paar Schritte bis zum Harley-Davidson Cafe waren nicht schlimm, es war Platz und ich hockte mich hin. Beim Trinken der eiskalten Coke fiel mir auf, dass mir kalt war. Muss man sich mal vorstellen – kalt bei 24 Grad! Wahrscheinlich war das die Müdigkeit. So war es nicht gemütlich, und aus meinem Plan, Leute zu beobachten wurde nichts. Mir war einfach zu kalt, und als endlich die Rechnung bezahlt war, beeilte ich mich, zum Hotelzimmer zu kommen, um die warme Jacke überzuwerfen. Was nun? Also noch ein kurzer Spaziergang, notgedrungen ließ ich mich von der Masse mitschieben.

Da waren sie wieder, all die Verrückten, Vergnügungssüchtigen, Landeier, die einfach mal für ein paar Tage dem Alltag entfliehen wollen und in die Kunststadt gekommen sind, um sich nach Strich und Faden über den Tisch ziehen zu lassen. Im Walgreens kaufte ich ein Wasser und ein Eis und ließ es mir dann doch auf dem Zimmer gutgehen. Das Buch, was ich mitgenommen habe, war spannend, und so las ich bis kurz nach zehn und machte dann Feierabend. Um ein Uhr war ich wieder wach. Mist! War

Menschenleerer Las-Vegas-Boulevard: seltene Ansicht vom weltberühmten Strip.

das die Quittung für das zeitige Zubettgehen? Ich zwang mich zum Weiterschlafen, presste mir die frisch erworbenen Silikon-Ohrstöpsel tief in die Gehörmuschel und schaffte es wirklich bis sechs Uhr morgens. Moin!

Beim Frühstück hatte ich genügend Platz, das grauenvolle Gedränge in den winzigen Zimmerchen beim Fassen von doppelt gebuttertem Toastbrot und der ewig gleichen Marmelade hasste ich sowieso. Dazu der dünne Kaffee und der mit künstlichen Aromen versetzte Orangensaft – kein Mekka des guten Geschmacks. So aber toastete ich in Ruhe zwei doppelt gebutterte Toastbrotscheiben, bestrich sie mit der ewig gleichen Marmelade, goss mir einen dünnen Kaffee ein und schnappte mir den Orangensaft. Die Dickmacher, die sich Gebäck schimpfen und bis zur geschmacklichen Unkenntlichkeit verhunzt sind, legte ich wieder hin und nahm stattdessen einen Apfel. So war es halbwegs erträglich. Das wahre Erweckungserlebnis hatte ich, als ich auf die Straße schlenderte. Der Strip, wohl die bekannteste Straße der Welt, war – leer! Kein Auto, kein Mensch weit und breit. War die Straße gesperrt? Ein Verkehrsunfall? Bombendrohung? Nein, es war wohl einfach zu früh. Und ich war so zeitig eben auch noch nie auf dem Strip. Nach einigen Fotos ging's fast schon los. Ich hatte am Morgen endlich die Vermietstation telefonisch erreicht und man hatte mir die Abholung um 8.30 Uhr zugesagt. Überpünktlich kam Howard, ein älterer Herr, der sich zweifellos etwas mit dem Fahren von Motorradfreaks dazuverdiente, und schmiss das Gepäck schwungvoll in den Transporter. Auf der kurzen Fahrt unterhielten wir uns darüber, dass die ganzen alten Vornamen aus den Dreißigern und Vierzigern wieder aktuell geworden sind – in Deutschland wie in den USA. Was den Deutschen die Ottos und Konrads und Pauls, sind den Amis ihre Garys, James und Johns. In der Station saß ein Wesley und machte mit mir den Papierkram. Ob das nun ein alter oder moderner Name war, wusste ich nicht. Ich war froh, dass alles so schnell ging, denn ich war doch eigentlich erst für 12 Uhr mittags angemeldet. So wurde ich zum ersten Kunden und kam kurz vor zehn vom Hof. Zuvor hatte ich alles verstaut und mein ausgeklügeltes System angewandt, mit dem ich alles auf dem Motorrad unterbrachte. Dann fuhr ich zum AT&T-Shop, wo ich mir eine Prepaid-Telefonkarte kaufen wollte. Leider funktionierte diese nicht und so erwarb ich eben ein ganzes Telefon nebst Karte. 83 Dollar inklusive Steuern für Telefon, Karte und 250 Gesprächsminuten – das konnte ich vertreten. Die nette Dame mit dem asiatischen Einschlag machte einen Kontrollanruf und alles war okay. Ich war stolzer Besitzer eines amerikanischen Telefones!

Nun strebte ich heraus aus der Stadt, endlich on the road. Alles ging gut, ich fand die Ausfallstraße auf Anhieb. Mit mir konnte ich das eben machen … Meist finde ich, was ich suche, recht schnell. Meine Zeit als Paketausfahrer hatte aus mir einen echten Scout gemacht. Echt hilfreich und meine Frau lobte mich manchmal sogar dafür. Über die neue Brücke am Hoover-Staudamm, den man von da oben aber gar nicht sah, gelangte ich auf die Route 93, die mich direkt nach Kingman führte. Dort gönnte ich mir in „Mr. D'z Route 66 Diner" endlich den ersehnten Burger, voll mit Fleisch, Käse und Schinken. Bei mir ist das so: Wenn das erst mal erledigt ist, gibt's danach fast nie mehr Burger, dann ist es vorbei. Aber beim ersten Mal, da macht's Spaß. Da werden keine Gefangenen gemacht. Zum Nachtisch gab's noch ein Stück Käsekuchen mit Erdbeeren. Nur an die Schlagsahne hatte ich nicht gedacht. So wurde der Nachtisch zum zweiten Hauptmahl, kalorientechnisch gesehen. Ein echtes Massaker …

Ein Stück Interstate 40, dann wieder auf die 93 nach Wickenburg. Immer geradeaus, es wurde heißer. Tanken musste ich auch schon. Endgültig notiert: meine Hauptkreditkarte ging nicht. Hatte ich schon in Deutschland mal moniert, aber dann ging's wieder und ich machte mir keine Gedanken mehr. Glücklicherweise hatte ich eine zweite Karte mit, die funktionierte, und so ging's dann eben. Irgendwas ist eben immer. Und immer dann, wenn man es garantiert nicht braucht.

Zwischendurch fiel mir irgendwann auf, wie gut ich vorankam. In dreieinhalb Stunden 300 Kilometer geschafft – das lag über dem Schnitt. Am Ende des Tages hatte ich fast mühelos 400 Kilometer auf der Uhr. In Wickenburg rollte ich langsam durch das Städtchen, das eine Vergangenheit als reiche Goldgräberstadt hat. Ein paar Bronzefigu-

Tradition inmitten modernen Pomps: Das Harley-Cafe am Strip hält die Stellung.

ren wiesen auf diese Zeit hin, das Bestreben, die alten Zeiten irgendwie festzuhalten und profitabel ins Heute und Jetzt zu retten, war an jeder Ecke spürbar. Ein paar nette Bars, einige Restaurants – also blieb ich, zumal das Best Western in unmittelbarer Nähe lag und auch noch ein Zimmer frei hatte. Nach einiger Besinnung und der Erkenntnis, dass mein nagelneues Telefon überhaupt nicht daran dachte, seinem eigentlichen Funktionszweck nachzukommen, ging ich was essen. Das Dutzend Chicken Wings erwies sich als zu viel für mich, ich schaffte exakt zwei Drittel und zwei Corona, bekam darüber irgendwie schlechte Laune, musste die lauthals und ununterbrochen lärmende Meute am Nachbartisch ertragen und die beiden direkt links und rechts neben meinem Zimmer ansässigen Nachbarn und ihr schreiend geführtes Gespräch auch noch.

Die Nacht ging dafür ganz gut vorbei – dem Stück Silikon sei Dank, das man ganz tief ins Ohr schieben und somit die Nacht zur echten Ruhezone machen konnte. Die Dinger waren echt praktisch. Sie passten sich der Ohrform an und man hörte tatsächlich nix mehr. Willkommen in deiner eigenen Welt! Nur das Mopped dürften sie draußen nicht mit 'nem Kran auf einen Tieflader heben – man würde es nicht hören. Einfach unmöglich. So konnte ich auch die Klimaanlage anschalten, als es nach einer Stunde zu heiß wurde …

Gegen halb sechs schlug der Jetlag zu und ich beschloss, mich nicht zu quälen, sondern lieber in Ruhe zu packen. Draußen war es noch dunkel, was eine weitere Premiere für mich bedeutete. So früh war ich selten zuvor unterwegs gewesen … Nach dem ersten Kaffee und dem gemächlichen Bepacken meines Rosses gab es halb sieben auch schon Frühstück und gleich danach ging's los. Ich hatte mir vorgenommen, noch vor der großen Hitze den größten Teil der Strecke zu schaffen, um nicht gleich unnötig leiden zu müssen. Am Abend hatte nämlich die Haut im Gesicht so verdächtig gespannt und ich hatte gar keine Lust auf einen Sonnenbrand. Wie sollte ich das zu Hause nur erklären? Man hatte mir via SMS von acht Zentimeter Schneefall berichtet – am Karfreitag …

Aber weit gefehlt: Schon nach ein paar Kilometern hielt ich an, um mir was Warmes anzuziehen. Die Jacke allein reichte nicht, um die doch empfindliche Kühle auszuhalten. Jedenfalls, wenn man mit ca. 150 Sachen immer geradeaus fuhr … Danach ging es besser und ich näherte mich schnell Phoenix. Durch das Gewirr der sechsspurigen Autobahnen kommt man mit wenig Verkehr viel besser durch und so hatte ich es schnell geschafft. Die Strecke bis Tucson war ein wenig eintönig, aber am Ende hatte ich die 280 Kilometer gegen zehn Uhr geschafft – tanken und einen Imbiss mit Kaffee und „Crossover", einem Schokogebäck, inbegriffen.

Als ich rechts den Pylon der örtlichen Niederlassung von Harley-Davidson sah, fuhr ich von der I 10 herunter und machte Halt beim Dealer von Tucson. Eine Verkäuferin aus Stuttgart erzählte mir vom harten Leben mit neun Dollar Stundenlohn und einer Sieben-Tage-Woche. „Hier hat mor zu schaffe, bis mar umfalle tut!", lachte sie und erzählte vom Zweitjob, den sie dringend benötigen würde. Als Serviererin mit fünf Dollar die Stunde plus Trinkgeld, was in Amerika immerhin mindestens zehn Prozent der Gesamtsumme ausmacht, konnte sie sich keine großen Sprünge erlauben.

Ein T-Shirt und einen Kaffee später machte ich mich auf den Weg zum Hotel, wo ich telefonisch ein Zimmer gebucht hatte. Mir war das spanisch vorgekommen, dass ich keinerlei Mail oder Ähnliches bekommen hatte, nur mündlich eine Reservierungsnummer. So sehr ist man schon dem Internetwahn verfallen, dass man glaubt, ohne eine Reservierungsbestätigung per Mail, SMS oder auf anderem elektronischen Weg nicht sichergehen zu können. Welch Wahnsinn! Ich fand es auf Anhieb, aber das Zimmer sei noch nicht fertig, versicherte mir die professionell kühl lächelnde Dame

Gruppenbild vor abendlichem Himmelsglühen: Hells Angels MC Tucson.

am Empfang. Erst um drei Uhr, so stehe es in den Vertragsbedingungen, sei das Zimmer bezugsfertig. Also machte ich mich auf, einen Walgreen-Store zu suchen. Dort, so hatte mir meine schwäbische Bekannte gesteckt, gäbe es die Flasche Riesling im Supersize-Format im Angebot. Ideale Geschenkzugabe für die Hochzeit, dachte ich mir, und so 'ne große Flasche schleppte man im Flugzeug einfach nicht mit sich herum. Als ich beides – Walgreen und Riesling – endlich gefunden hatte, war ich hungrig. Chinesisch sollte es sein und so ließ ich es mir bei einer Chinaimbisskette schmecken. Na ja, nochmal musste ich das aber nicht haben, so dolle war's wirklich nicht. Zurück am Hotel lungerte ich noch ein wenig herum, bis ich endlich ins Zimmer durfte. Beim Auspacken des Moppeds winkte mir plötzlich von ein paar Zimmern entfernt eine Gestalt zu. Ich zögerte, schaute genau hin – und erkannte Maxx, meinen Gastgeber, meinen Einlader, den Bräutigam, Member des Hells Angels MC Tucson. Wir begrüßten uns herzlich, und es stellte sich heraus, dass seine Frau gut deutsch spricht. Er fragte, ob ich nicht mit an die Bar wolle, denn es gäbe jetzt Getränke für lau – Happy Hour! Auch so eine tolle amerikanische Erfindung. Sie garantiert, dass jeder Gast zwischen fünf und halb sieben Uhr zwei Gratisgetränke erhält. Also saß ich zwischen der geballten Verwandtschaft des glücklichen Paares, es wurde gefränkelt, gesächselt und alle sprachen durcheinander … Die Geschichte von Maxxens Frau geht also so: Amerikanischer Soldat, stationiert in Deutschland, heiratet deutsche Frau. Tochter kommt. Alle gehen nach Amerika zurück. So einfach war das. Irgendwann sprang Maxx auf, und wir fuhren schon mal vor ins Clubhaus der Angels. Ein großes Zeltdach war aufgebaut, Tische

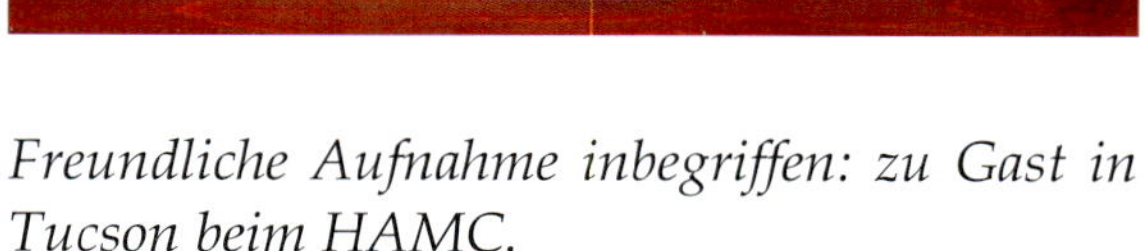

Freundliche Aufnahme inbegriffen: zu Gast in Tucson beim HAMC.

Hier tranken schon viele Biker: im „Bashful Bandit", Tucsons berühmtester Motorradkneipe.

und Stühle, Platz für die Band. Drinnen traf ich Jeff, den President von Berdoo, dem ältesten Charter des Clubs, das erst jüngst 65-jähriges Bestehen feierte. Wir wechselten ein paar Worte, ich verstand ihn kaum, wahrscheinlich ein für mich schwer zu verstehender Akzent. Immerhin: Es war eine riesige Feier in San Bernardino, freitags für befreundete Clubs, sonnabends nur für Member, es waren bestimmt 700 Leute da. Ein paar Tucson-Angels kannte ich schon vom letzten Jahr, die Begrüßung war herzlich. Ich vermisste einen mächtigen bärtigen Angel, der mich ins Herz geschlossen hatte und dem ich extra einen Abzug unseres gemeinsamen Fotos mitgebracht hatte. Ich erfuhr, dass er nicht da war, gesundheitliche Probleme, er sieht wohl sehr schlecht und hat noch anderes Zeugs, was ich aber nicht richtig verstand. Schade.

Dann füllte sich das Clubhaus, buntes Volk war gekommen, eine Hochzeitsparty eben. Ich lernte Fritz kennen, einen Deutschen mit engen Kontakten zum Club, der seit zwanzig Jahren hin- und herpendelt. Er sprach mich gezielt an, da er in mir den BikersNews-Reporter erkannte. Er war begeistert und unterhielt mich den ganzen Abend. Ich blieb für meine Verhältnisse nicht lange bei der Party, war aber trotzdem unter den Letzten. Wie vertraut! Ich hatte zwei Screwdriver probiert, also Wodka mit Orangensaft und viel Eis. Gute Mischung, ich schlief im Zimmer später schnell ein.

Am nächsten Tag holte mich Fritz ab, mein neuer Freund aus der Nähe von Mannheim und seit 20 Jahren in den USA. Wir fuhren mehrere Werkstätten ab, trafen interessante Leute und erledigten nebenbei ein paar Dinge, wie z.B. einen kaputten Reifen tauschen usw. Am Abend beschlossen wir, in eine Bar zu gehen und etwas zu trinken. Natürlich zeigte Fritz mir die berühmteste Bar im Umkreis von Hundert Kilometern. „Bashful Bandit" heißt so viel wie „Scheuer Bandit" und hatte weiter nix Umwerfendes zu bieten. Poolbillard, große Bar, Fahnen und Büstenhalter an der Decke, eine „Wall of Death" mit den Bildern verstorbener Freunde – so sieht es in Dutzenden anderen Bikerbars auch aus. Auch die Mädels mit den hochgeschnallten Tittchen sahen nett aus, gingen aber wie anderswo auch professionell ihrem Job nach.

Aber die Biker! Hier trifft sich halb Arizona zum Bierchen, und an den Wochenenden steppt der Bär. Nach zwei Screwdrivern wechselten wir das Lokal und hingen eine Weile im „Silver Dollar Room" ab, gleich um die Ecke von Fritz' Zuhause. Der Fehler war: Es gab zum Bier zusätzlich Schnaps. Jägermeister. Es endete, wie es enden musste. Irgendwann sah ich Fritz aus dem Augenwinkel wie eine Rakete abzischen, und weg war er. Mike, der President vom „Loners MC", der zu uns gestoßen war und ein enger Freund von Fritz war, schlug vor, nochmal ins „Bashful Bandit" einzukehren, wozu er mich nicht lange überreden musste. Der Rest liegt im Nebel, ich hatte aber am Tag darauf meinen Wortschatz erweitert. Saviour heißt Retter, und genau der war Mike auch für mich. Denn als auch ich endlich genug hatte, rannte ich nach draußen, um ein Taxi abzufangen, aber Tucson ist nicht New York, und als das einfach nicht klappen wollte, kreiselte ich zurück in die Bar, um ein Taxi zu organisieren. Mike fing mich ein und rief mir zu, wohin ich denn bitteschön wolle. Und so kam ich in den Genuss, mit einer echten alten Corvette durchs nächtliche Tucson bis vors Hotel gefahren zu werden. Der Rest: Schlaf. Und am Morgen Schmerz. Hinter der Stirn. Aber das hatte ich mir ehrlich verdient. Stunden später, zwei Schmerztabletten und einige Stunden

Old-School-Schrauberwerkstatt Nomad Cycles: Öl und Schweiß im Hinterhof.

Schlaf hatten gut geholfen, begann ich den Tag. Ich setzte mich einfach auf die Harley und fuhr erst mal was essen. Ein herrlicher Burger – Achtung, Empfehlung! – bei Dr. Carls brachte mich wieder auf Betriebs-Temperatur, und dann fuhr ich hinaus in die Wüste. Glücklicherweise knallte die Sonne nicht ganz so extrem, immerhin wandelte ich auf 1500 Meter Höhe. Anderthalb Stunden und 100 Meilen später stand ich an der mexikanischen Grenze und betrachtete den Grenzübergang. Riesiger Zaun, Stacheldraht, bewaffnete Grenzer – da war doch was? Auf dem Weg hatte ich schon durch eine Kontrolle gemusst mit Ausweis und allem Drum und Dran, zurück erneut.

Auf dem Weg zur Geisterstadt Ruby verließ mich das Glück. Die Straße wurde immer schlechter, dann wurde sie ganz zur „Dirt Road", also ohne Asphalt, und wenig später war die Weiterfahrt sogar nur noch mit einer Extra-Erlaubnis möglich. Ich scherte mich nicht weiter drum und eierte weiter über den Schotter. Sieben Meilen später hatte ich die erste Geisterstadt verpasst und die zweite war umzäunt und hatte – natürlich – geschlossen. Wenigstens stürzte ich nicht, obwohl ich einmal kurz davor war, und kam irgendwann wieder in Tucson an. Am Abend kaufte ich mir bei Sears ein paar Schuhe. Timberland Pro Series mit Stahlkappe und extradicker Sohle sowie der Isolierung gegen elektrische Schläge, wie sie eben Elektriker tragen. Soll ja auch beim Motorradfahren helfen ... Die Schuhe wurden mir von einem guten Freund, einem Ami in Leipzig, der ebenfalls einem Motorradclub angehört, wärmstens empfohlen. Fritz holte mich ab und wir tranken noch ein leichtes Bier im Silver Room. Jägermeister stand heute auf dem Index. Zuvor hatten wir noch ein Bike für ihn organisiert. Mike von den Loners hatte ihm sein eigenes Motorrad zur Verfügung gestellt, wir holten es nur noch schnell ab und ich konnte mich bei meinem Retter mit der Corvette bedanken. Mein Saviour ...

Am Tag darauf holte mich Fritz ab und wir fuhren zunächst mal wieder von Shop zu Shop und besuchten eine Reihe Bekannte von ihm. Wir tranken in einer Bar noch eine Erfrischung und machten uns dann gegen halb drei endlich auf den Weg. Und der lohnte sich wirklich: Der Berg Mount Lemmon, in Sichtweite von Tucson gelegen, ist so hoch wie die Zugspitze und der Weg nach oben einfach traumhaft. Kurve um Kurve wand sich eine Straße ohne jeden Makel nach oben, amerikanisch-verständnisvoll auch nicht besonders eng. Also durchweg

Na klar: Kritik jederzeit erwünscht! Schild an der Schrauberbude.

Ausflug zum Mount Lemmon: Unten Hitze, oben Gänsehaut, dazwischen Kurvenspaß satt.

geeignet, sich mit höherem Speed in jede Windung zu schmeißen und so richtig Gas zu geben. Doch Fritz dachte gar nicht daran, sondern genoss jede Kurve in einem gemächlichen Tempo. Na gut, ich arrangierte mich und passte mich an. Und das machte auch Spaß, denn die Gegend war schon mehr als einen flüchtigen Blick wert. Nur mächtig kalt war es, aber kein Wunder: Mehr als 2800 Meter hoch waren wir plötzlich. Da spürt man auch die stärkste Sonne nur noch ohne Fahrtwind. Oben angekommen, gönnten wir uns einen Mega-Burger und saßen in der Sonne.

Der Abend endete im Bandit und im Silver Room, aber dieses Mal mit Arbeit. Hatte ich doch im Suff ein Treffen mit dem USA President des Loners MC vereinbart … Der gute Mann war extra 40 Meilen angereist, also zogen wir die Nummer auch durch. Donni erwies sich als guter Typ, war 69 Jahre alt und riss jedes Jahr noch immer 40000 Meilen ab. Unglaublich. Ohne Motorrad scheinen diese Burschen nirgendwohin zu gehen. Am Ende lud er mich ein, bei ihm zu wohnen, wenn ich mal wieder da wäre, und zwei Bier später fuhr ich auch heim.

Einen gemeinsamen Tag mit Maxx hatte ich mir gewünscht, und dass wir mal Zeit füreinander hätten. Irgendwann klappte das auch, und wir trafen uns am Hotel, um nach Tombstone zu fahren. In Sierra Vista hielten wir an einem Tattoo-Shop, wo sich herausstellte, dass der Besitzer der Hangaround war, der vergangene Woche auf der gesamten Strecke nach Chino Valley zum Boxen genau vor mir gefahren war. Wir hatten uns gut verstanden, und so war die Freude des Wiedersehens groß. Er zeigte uns seinen Shop, der sehr groß und eindrucksvoll war, und führte uns dann nach Tombstone. Ein Wildwest-Touristen-Städt-

National Chairman Donnie (l.) und Mike, President Globe: führende Köpfe des Loners MC.

Donnie fährt 40 000 Meilen im Jahr – mindestens.

chen, dass glücklicherweise recht leer war und deshalb erträglich blieb. Wir aßen in einem sehr eindrucksvollen alten Saloon, der mit einer original altertümlichen Holzbar ausgestattet war, und ließen uns einen großen fetten Burger schmecken. Dann bummelten wir ein wenig herum, ehe sich Maxx entschloss, die Gunfightershow zu besuchen. Also schauten wir dem Theater zu, wie Wyatt Earp mit ein paar finsteren Gesellen ein paar andere nicht minder finstere Typen mit Platzpatronen niederstreckte und damit einen amerikanischen Mythos in Laienspielerart auferstehen ließ. Noch ein kurzer Besuch in einer anderen sehr schönen Bar, deren Besitzer Maxx kannte und der von uns drei Reisenden unbedingt ein Foto hinter seiner Bar machen wollte. Das tat er dann auch und versicherte Maxx, dass er bei nächster Gelegenheit, wenn er mit seinen anderen Angels mal vorbeikommen wolle, auch mit den Bikes mitten in die Bar hineinfahren dürfe und man ein Fotoshooting mit Gewehren und Colts machen würde. Ich glaubte dem guten Mann das sogar, denn er sah nicht aus wie einer, der lange fackelt. Unsere Rückreise geriet dann zu einer Schnellfahrt auf der Interstate I 10, sodass wir nicht so lange brauchten, um bis zum Clubhaus der Hells Angels zu gelangen.

Der Hangaround schloss die schwere Eisentür auf und schob sie beiseite, sodass wir auf den Hof gelangen konnten. Wieder beschämte mich Maxx, als er mir ein paar Shirts schenkte. Er hatte schon den ganzen Tag lang andauernd alles bezahlt. Ich konnte nichts machen … Sogar das Benzin! Eintritt in die Show. Essen. Trinken. Nochmal tanken. Keine Chance. „Thats my country, here I'am paying." Schluss, aus, Sense. No chance. So ist Old School. Nach kurzem Aufenthalt fuhren wir wieder los und stat-

Und hier die tägliche Gun-Show: Wyatt Earp gewinnt immer.

Kuriosum am Rande der Strecke: aufgegebenes Steakrestaurant.

teten dem Silver Room, wo Fritz schon wartete, einen kurzen Besuch ab. Dort tauchte auch noch Schrauber Steve auf, der mir ein kleines Geschenk überreichte, und so dauerte es wieder drei Leichtbiere, bis ich los kam.

Das dauerte wieder mit mir! Bevor ich so in die Gänge kam, war es zwölf Uhr und die Putzfrau klopfte schon. Aber ich hatte zu schreiben und Fotos zu laden und ein paar Telefonate zu erledigen. So verging die Zeit wie im Fluge. Zudem studierte ich die Karte von Phoenix, was ungefähr der Größe Berlins entspricht und demzufolge nicht so einfach war. Ich hatte verschiedene Punkte notiert, die ich anfahren wollte, und markierte sie fein säuberlich in der Karte. Bell Road: Hier befanden sich das Super Saver Cinema 8, wo die Erstaufführung von Sonny Bargers Film stattfinden würde, aber auch der legendäre Steelhorse Saloon befand sich gleich um die Ecke, also das Teil, wo Sonny Barger schon oft seine Partys feierte. Dann war da „Westworld of Scottsdale“, wo die Arizona Bike Week stattfand und ich auch mal vorbeischauen wollte. Das war schmale 20 Meilen entfernt, aber immer noch mitten in der Stadt. Ich kann es vorwegnehmen: Ich habe es nicht geschafft, immer kam etwas anderes dazwischen. Aber bis auf die Bands war es ganz sicher die gleiche Veranstaltung, wie ich sie beinahe überall vorgefunden hatte. Deshalb war ich darüber nicht besonders traurig. Genau am anderen Ende lag der South Mountain Park, wo die Soulbrothers ihr Picknick veranstalten würden, zu dem ich mich mit K 9, dem Vice President vom Chapter Fresno verabredet hatte. Meine Reportage über das gigantische Treffen von „Black Riders“ in Kalifornien lag erst zwei Jahre zurück. Das Clubhaus des Alma MC liegt an der 27th Avenue ganz in der Nähe - 14 Meilen entfernt. Das war hier keine besondere Entfernung, nicht umsonst nannten sie Phoenix auch „das Monster“.

Ich zuckelte also endlich los und bald erwies es sich als Fehler, dass ich nicht erst ein Stück Interstate genommen, sondern gleich die Route 77 geentert hatte. Alle 300 Meter eine Ampel, jede Menge Verkehr, es stockte gewaltig. Es dauerte wohl an die 45 Minuten, ehe ich Tucson verlassen hatte und endlich auf freie Straße stieß. Ich wollte aber die Backroad nehmen und nicht wieder die langweilige Interstate nutzen. Die geht zwar schneller, aber ich wollte ja auch genießen. Unterwegs stieß ich auf ein Schild, das zur „Biosphere 2“ wies. Ich konnte mich an das Experiment erinnern: Menschen lassen sich ein Jahr in einen geschlossenen Kreislauf sperren, um das Leben auf entfernten Planeten oder in einem Raumschiff, das lange Zeit unterwegs ist, zu simulieren. Ich kam nah genug heran, um ein Foto von der eindrucksvollen Kuppel zu schießen, die Führung aber wollte ich mir nicht geben.

Also cruiste ich weiter. Oracle, Winkelman. Dort stoppte ich kurz, der Loners MC veranstaltete sein Easter Bash dort. Ich sagte kurz Hallo, am Tag danach wollte ich wieder herkommen. Donnie, der National

Chairman, schüttelt mir die Hand, ich trank ein Wasser, dann fuhr ich weiter. Durch den „Copper Corridor" ging es weiter, riesige Abfallhalden links und rechts der Straße wiesen auf intensiven Abbau hin. Unglaublich große Kupferminen finden sich hier, ganze Berge wurden umgegraben. Die Sonne ballerte, obwohl ich hier oben noch auf 1 200 Meter Höhe war. Weiter unten wurde es noch heißer, 34 Grad waren angesagt. Ich spürte sie deutlich, vor allem, als ich auf die 60 einschwenkte, eine autobahnähnliche Straße mit viel Verkehr. Die Sonne kam nun direkt von vorn. Kein Vergnügen. Kurzer Stopp bei Ihop, etwas essen und vor allem trinken. Ich studierte nochmals die Karte. Alles klappte gut. Von der 101 auf die I 17, zwei Exits zurück und schon war ich in der Bell Road. Auf der Kinopremiere traf ich auch „Slick Rick", den Vice vom ALMA MC, und wir verabredeten uns für später am Abend im Clubhaus. Ich lungerte noch ein wenig herum und machte mich dann auf den Weg. 14 Meilen südwärts war das Clubhaus beheimatet, in dem ich im letzten Jahr schon mal mit Johnny Angel war. Ich fand es nicht ganz auf Anhieb und wurde an einer Tankstelle von Slick abgeholt. Eine Abfahrt zu früh runter von der Interstate – fürs erste Mal allein war das doch nah dran. Im Clubhaus großes Hallo, einige erkannten mich vom letzten Jahr, und alle wussten, dass sie in dem großen Artikel des deutschen Bikermagazins vertreten waren. Ich hatte ein Exemplar mitgebracht, und es wurde sogleich herumgereicht. Wir redeten viel, ich lernte einige neue Mitglieder kennen, ringsum wurde geredet, gelacht, getanzt – so stellt man sich einen Freitagabend in einem Clubhaus vor. Dann kamen noch

Wilder Westen trifft moderne Outlaws: Begegnung in der Bar.

Sehr hohe Apehanger sind an den Bikes der Black Riders Pflicht …

… wie auch die bunte Farbpalette. Gelbe und rote Töne liegen voll im Trend.

Stretch-Bike in Grünabstufungen: eindrucksvolles Custombike.

Typischer Bagger-Look, ungewöhnliche Farbe. Der Ape ist rekordverdächtig.

sechs, sieben Member eines anderen Clubs auf ein paar Minuten vorbei, um ihren Respekt für einen kürzlich verunglückten Bruder zu erweisen. Auch das ist Bikerleben. Dann verabschiedete ich mich, wurde bis ins Hotel begleitet von Johnny D., der als persönliche Eskorte für mich bestimmt wurde. „Wenn ich bei dir bin und die Leute mein Patch sehen, ist das sicherer", sagte er. Rad an Rad fuhren wir die paar Meilen, er hatte mich nach vorn zu sich gewinkt.

Am Morgen wurde ich durch einen lautstarken Streit vor meinem Zimmer wach. Ein Pärchen brüllte sich an und es hörte einfach nicht mehr auf. Wie im Film; es fehlte nur noch der Niederschlag. Doch am Ende fuhr er wutentbrannt mit dem Pick-up-Truck weg, während sie schreiend aufs Blech trommelte – ein Riesentheater. Ich machte mich gegen Mittag auf den Weg durch die Stadt, um zum Picknick des Soulbrothers MC zu kommen. Der Weg war ganz einfach, und bald war ich am South Mountain Park. Es standen schon etliche Motorräder in der siedend heißen Sonne, und ich machte mich auf den Weg, um K 9 zu treffen, den President aus Fresno, den ich Jahre zuvor kennen gelernt hatte. Ich fragte einfach ein paar seiner Brüder aus Phoenix, aber die meinten, er wäre auf einem Meeting. Ich stellte mich vor, und war sofort Teil der Familie. Das Armband, das ich sogleich bekam, wies mich als empfangsberechtigt für sämtliche Arten von Getränken aus. So hing ich ein wenig im Schatten herum und unterhielt mich mit diesem und jenem Clubmember, dann bummelte ich über den Parkplatz, auf dem die ganze Zeit über mehr und mehr Biker und Clubs ankamen. Es herrschte die schon bekannte Farben-

Das volle Farbspektrum ist vertreten – nichts, was es nicht gibt.

pracht, welche von den schwarzen Bikern favorisiert wird, die Bikes waren wirklich in allen Farben des bekannten Farbspektrums lackiert. Vor allem Gelb und Grün, aber auch Blau und Rot schienen hoch im Kurs zu stehen. Dazu ewig lange Apes, also hohe Lenker, die mir unfahrbar schienen, aber die Praxis beweist ja bekanntlich das Gegenteil. Unter mitgebrachten Partyzelten saßen die Mamas und hatten ihren Spaß, riesige Pakete mit Eis wurden herangeschleppt, die Grills angefacht. Und immer wieder donnerte es auf dem Parkplatz, wenn erneut ein riesiger Pack eines neuen Clubs herangerollt kam. Übertönt wurde das Motorengeräusch nur von der Hip-Hop-Musik, die aus riesigen mitgebrachten Lautsprechern tönte. Überall wackelten die Köpfe und zuckten die Füße, der Rhythmus nahm alle mit. Eine schöne Atmosphäre, die wir schon seinerzeit in Fresno kennengelernt hatten. Irgendwann später traf ich endlich K 9 und wir unterhielten uns eine Weile. Er freute sich über das mitgebrachte Magazin, hatte aber wenig Zeit, und so verschwand ich irgendwann gegen halb vier. Ich hatte ja noch ein Ziel.

Ich verließ das Gelände mit dem unablässig darüber kreisenden Polizeihubschrauber und brummte los Richtung Winkelman. 100 Meilen später hatte ich das Ziel erreicht. Auf dem Weg hatte ich in Kearny noch ein Zimmer gefunden, wo ich eincheckte, mich ausruhte und frischmachen konnte. Dann ritt ich noch neun Meilen nach Winkelman, wo auf den Winkelman Flats, einem großen Brachgelände, bereits reges Treiben herrschte. Neben den fünf Chaptern der Loners waren auch viele andere MC vertreten. Auch hier überall im Gelände verstreut Zelte, Wohnmobile, Partystimmung. Es wurde gebrutzelt und Lagerfeuer brannten. Ich

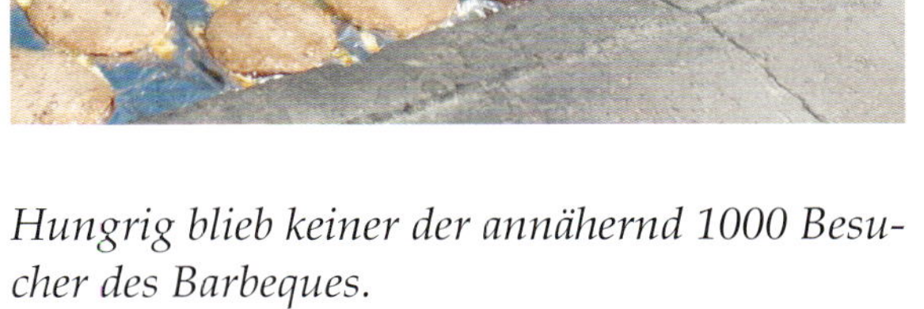

Hungrig blieb keiner der annähernd 1000 Besucher des Barbeques.

Das U steht für Unity – Einheit: Schwarz und Weiß zusammen.

Wenn Rocker tanzen: nichts Ungewöhnliches auf Bikerpartys in den USA.

wurde herzlich begrüßt von meinem Saviour-Freund Mike, dem President des Loners MC Globe, der mich im Bashful Bandit gerettet hatte. Auch Donnie, den National Chairman, traf ich wieder und überreichte ihm als Geschenk zwei kubanische Zigarren. Damit hatte ich einen Stein im Brett und wir wurden an diesem Abend beinahe ein unzertrennliches Gespann. Wir quarzten die dicken Cohibas und lauschten der Rockabilly-Band, die inzwischen aufgebaut hatte. Sogar die Patchholder tanzten, was das Zeug hielt, niemand hatte irgendwelche Manschetten und spielte den Coolen. Entweder man ist es oder man ist es nicht, das hängt nicht vom Nicht-Tanzen ab. Mike suchte ab und an Blickkontakt durch die Menge und lieferte neues Bier. Dass er als President den gesamten Abend an der Kasse saß und Bons verkaufte, gehört ebenfalls zur Normalität wie die Verlosung einer Pistole Kaliber 44.

Zwischendurch kam ein Member und fragte mich, ob ich hungrig sei. Wir zogen dann los bis in den letzten Winkel des Geländes, wo es stockduster war. Zwischen ein paar Zelten loderte ein Feuer, ein einsames Liebespaar bewachte die Zelte und wir bedienten uns an Würstchen und Burgern. Dann tasteten wir uns durchs Dunkel zurück zur Musik, der Member verabschiedete sich und ich war nicht mehr hungrig. Das nenne ich Gastfreundschaft! Irgendwann zog ich mir die Jacke über und fuhr die paar Meilen rüber ins Motel. Beim Abschied fragte mich Mike noch: „Do you like the Loners?“ Yes, definitly. Diese Jungs mag ich auf jeden Fall.

Osterparty des Loners MC – schöne Tradition des Familienclubs aus Arizona.

Anniversary

Eine große Sache stand an: In Phoenix würde der alljährliche Poker-Run stattfinden. Die Besonderheit: Er war gleichzeitig mit zwei ganz besonderen Jahrestagen verknüpft. Sonny Barger und Johnny Angel feierten ihre 56. und 54. Anniversary bei den Hells Angels. Eine unvorstellbar lange Zeit. Heutzutage ist es schon fast ungewöhnlich, wenn jemand fünf Jahre in der gleichen Firma arbeitet, mit der gleichen Frau zusammen ist oder das gleiche Auto fährt. Von Fußballspielern und ihrer Vereinszugehörigkeit mal ganz zu schweigen …

Aber das kann man natürlich auch nicht vergleichen. Ein Member in einem Motorradclub zu sein, ist eine Lebenseinstellung. Das beweisen gerade solche Legenden wie Sonny und Johnny, die ein Leben lang für ihre Farben standen und auch heute noch voller Würde und Stolz den Deathhead tragen.

Natürlich war mir klar, dass das die Gelegenheit sei, endlich beide Legenden auf ein Foto zu bekommen. Das wäre *das* Foto. Wir würden sehen … Am Steelhorse Saloon sollte der Poker-Run der Hells Angels von Cave Creek beginnen. Endlich war ich

Ein Loch und fertig – Poker-Run in Phoenix.

mal in der legendären Kneipe! Nix besonderes, sie befand sich in einem typischen Einkaufsgelände, wo Flachbauten aneinandergereiht Geschäfte aller Art beherbergen. Jede Menge Motorräder standen umher, ein buntes Völkchen beherrschte die Szenerie. Patchholder aller Coleur, haufenweise Angels sowie abenteuerliche Gestalten jeglichen Zustandes. Bärte, Bandanas, verwitterte Gesichter. Alles, was man sich nur vorstellen konnte, hatte sich hier versammelt. Und in der Mitte: Sonny Barger. Er posierte bereits wieder für Fotos, schrieb Autogramme, unterhielt sich. Sagenhaft. Was der Mann nur für eine Kondition hatte! Und einen eisernen Willen dazu.

Irgendwann ging es los. Zuerst jagte die wilde Horde mit Sonny an der Spitze davon, dann sammelten sich die anderen Biker und fuhren in einer großen Gruppe los. Alles ging wie von allein, niemand gab ein Kommando, alles funktionierte. Die Straße wurde nicht abgesperrt, nirgendwo war Polizei zu sehen, die Autofahrer waren diszipliniert und hielten von ganz allein an. Die wilde Truppe gab Gas, das Geknatter war ohrenbetäubend. Fünf Ecken weiter befand sich der nächste Saloon, hier wurden die Umschläge, die man für 20 Dollar kaufen konnte, wieder gelocht. Auf dem fest verschlossenen Umschlag waren außen rundherum Ziffern aufgedruckt. Unter jeder Ziffer verbarg sich eine Karte, und die Ziffer, die geknipst wurde, repräsentierte eine Karte. Fünf Karten waren dann die komplette Pokerhand.

Im Roadrunner Saloon in New River, etwa 40 Meilen entfernt vom Startpunkt, befand sich die letzte Station. Hier bekam man nicht nur das letzte Loch in seine Karte gestanzt, sondern es fand auch die Auswertung des Blattes und somit die Ermittlung

Vertrauensvolle Geste: Sonny meets Johnny.

der Gewinner statt. Zudem würde hier die Abschlussparty stattfinden. Als wir eintrafen, war noch wenig los in der Bar. Die Sonne brannte heftig, und unter einem kleinen Zelt saßen drei Männer. In der Mitte hatte es sich Hells-Angels-Legende Johnny Angel bequem gemacht. Er schaute mich an und fragte: Na, hast du mitgemacht beim Run? Ich bejahte und bat ihn, die Karte zu öffnen und mir Glück zu bringen. Johnny öffnete den Umschlag, sah sich das Blatt kurz an und meinte bedauernd: „Nothing. You're not a lucky guy. Better for you to play another game …" Er lachte sein typisches Lachen.

Dass er am Zielpunkt höchstpersönlich die Karten öffnete und auswertete, rief bei den Teilnehmern freudige Überraschung hervor. Das hätte wohl niemand erwartet, dass die Hells-Angels-Legende das tun würde. Wer wollte, wechselte ein paar Wor-

Ist das ein Blatt? Johnny Angel schaut eher skeptisch.

Händeschütteln: Johnny zu treffen, war für viele Biker ein besonderes Erlebnis.

CAVE CREEK

Johnny Angel (l.) und Sonny Barger sind die berühmtesten lebenden Hells Angels der Welt. Beide feierten 2013 ihren 75. Geburtstag; unser Autor besuchte die beiden Hells-Angels-Legenden mehrmals in Arizona.

te mit ihm, alte Bekannte sagten Hallo oder man holte sich ein Autogramm. Die wilde Horde war unterwegs auf der Straße immer größer geworden und nun tummelten sich hier vielleicht 500 Biker. Drinnen spielte eine Band, beim Rodeo setzten sie die Prospects auf die Stiere und ließen sie ihr Glück versuchen. Eine ganz wilde Nummer lief ab, als in die Mitte der Arena ein Tisch und fünf Stühle gestellt wurden, an denen ebenfalls Probemitglieder der verschiedensten Clubs saßen. Das Gatter wurde geöffnet, der Stier kam heraus, schaute – und wirbelte die Runde total durcheinander. Er nahm die tapferen Jungs im wahrsten Sinne des Wortes auf die Hörner und die ersten beiden wirbelten wild durch die Luft, ehe die anderen Reißaus nahmen. Gewinner war, wer bis zuletzt sitzen blieb. Eine Gaudi, die viel Spaß und vor allem blaue Flecken und Prellungen brachte. Das Ganze nannte sich „Rodeo-Poker". Mein Fotoshooting mit Sonny und Johnny gestaltete sich schwierig. Zwar fing ich die Begrüßung der beiden ein, als Sonny von hinten an den Tisch zu Johnny trat und ihn herzlich drückte, aber ein richtig gutes Foto war das noch nicht. Irgendwann saß Johnny dann im Inneren der Bar am Tisch. Er unterhielt sich mit einem anderen Hells Angel aus Oakland und trank ein kühles Bier. Plötzlich Bewegung am Eingang – Sonny kam samt Entourage an den Tisch. Da hatte ich meine Chance. Johnny hatte nicht vergessen, was ich wollte. Er nickte mir zu, erhob sich und begab sich zur Wand. In der Zwischenzeit hatte ich Sonny gefragt, ob er zu Johnny gehen könne, damit wir das Foto der beiden machen könnten. Auch er war sofort bei der Sache, ging die paar Schritte zu seinem alten Freund und legte den Arm um dessen Schultern. Ich ließ mir ein paar Sekunden Zeit, richtete den Apparat so weit und schoss dann meine Bilder. Yes, ich hatte es im Kasten!

Dann fuhr ich „nach Hause" in die Cactus Street zu Diesel, der auch den ganzen Tag dabei war, wir nahmen noch ein paar Drinks und unterhielten uns ein letztes Mal bis spät in die Nacht. Am nächsten Morgen räumte ich nach zwei Kaffee zusammen und verabschiedete mich. Fast eine Woche hatte ich jetzt bei Diesel und Sharon gewohnt, und es war fast, als wäre ich schon oft da gewesen. Kein großes Gewese, manchmal war ich mir selbst überlassen, aber ich hatte ja immer etwas zu tun. Eine tolle Sache, die ich den beiden nie vergessen werde. Brotherhood eben.

Bikerspiele einmal anders: Die Prospects haben eine ganz besondere Mutprobe zu meistern.

Zum Autor

Jens Fuge, Jahrgang 63, ein „Jeans- und Pulli-Typ“ (Die ZEIT) aus dem Leipziger Arbeiterviertel Lindenau, stieg erstmals mit 15 Jahren auf ein Moped, fuhr später auch im tiefsten Winter auf seiner 250er MZ durch die Gegend. Er brauchte eine Weile, ehe er seinen Weg zum Schreiben fand. Zwar reportierte er als „Volkskorrespondent“ in seinem Heimatblatt „Leipziger Volkszeitung“ früh über zweitklassigen Fußball, doch wurde ihm vom Ressortleiter Sport beschieden, dass es sich hierbei vorwiegend um ein Politikum, nicht allein um Sport handelte. So entschied er sich auch gegen ein Studium der sozialistischen Journalistik und wurde lieber Stahlbauschlosser im „VEB Schwermaschinenbau S. M. Kirow“. Später baute er Aufzüge, war glühender Verehrer des Fußballvereins Chemie Leipzig und produzierte illegale Fanclubzeitungen.

Dies wiederum beendete seine Karriere als „Korrespondent des Volkes“ und brachte ihn beinahe in den Knast. Dann lud er einen Fanclub aus dem Westen in die DDR ein, das flog auf, die Westbesucher bekamen DDR-Verbot und der 22-jährige Fuge stellte einen Ausreiseantrag. Jobs als Wellendreher, Tellerwäscher, Hausmeister, Haushandwerker folgten. Zu Ostern 1989, nach vier Jahren Wartezeit, die Ausreise in die BRD.

In Karlsruhe: Aufzugsmonteur, Maschinenschlosser, Paketausfahrer, Fußball-Berichterstatter für eine kleine Zeitung. Aber dann, endlich, über Nacht: Journalist! Die Stunde der Quereinsteiger schlug. Leipziger Tageblatt, BILD Stuttgart, Bundesligareporter. Er betreute den Karlsruher SC, war dicke mit Mehmet Scholl, Oliver Kahn und Winfried Schäfer, aber als man feststellte, dass in Stuttgart ein Sportreporter zu viel an Deck war, ging Fuge zurück nach Leipzig. Dort gründete er 1993 seine eigene Firma „Westend-Presseagentur“, produzierte Beilagen und Anzeigenblätter. Die ausgegründete GmbH beschäftigte sich mit Public Relations und kam rasch unter die Top 40 der deutschen Agenturen. Aufträge: Olympiabewerbung und Stadtmarketing für die Stadt Leipzig, Sport-Großevents. Fuge publizierte acht Sportbücher.

2009 stieg er aus, konzentrierte sich auf Journalismus und trennte sich kaum noch von seiner Harley-Davidson. Ganzseitige Reportagen in der „FAZ“ wie in der „Süddeutschen Zeitung“, weitere Buchveröffentlichungen u. a. „Weltreisegeschichten“ der „Süddeutschen Zeitung“, Reportagestrecken bei „11 Freunde“ sowie in seinem neuen Stammblatt, der „Bikers-News“, zeigen: Die Welt der Rocker und Motorräder ist seine Welt, die Hinwendung zum Gonzo-Journalismus in seiner reinsten Form genau sein Weg.

Kontakt: backroad-diaries@web.de

Autor Jens Fuge (rechts) im Gespräch mit President T-Bird vom ALMA MC Phoenix.

Ankündigung

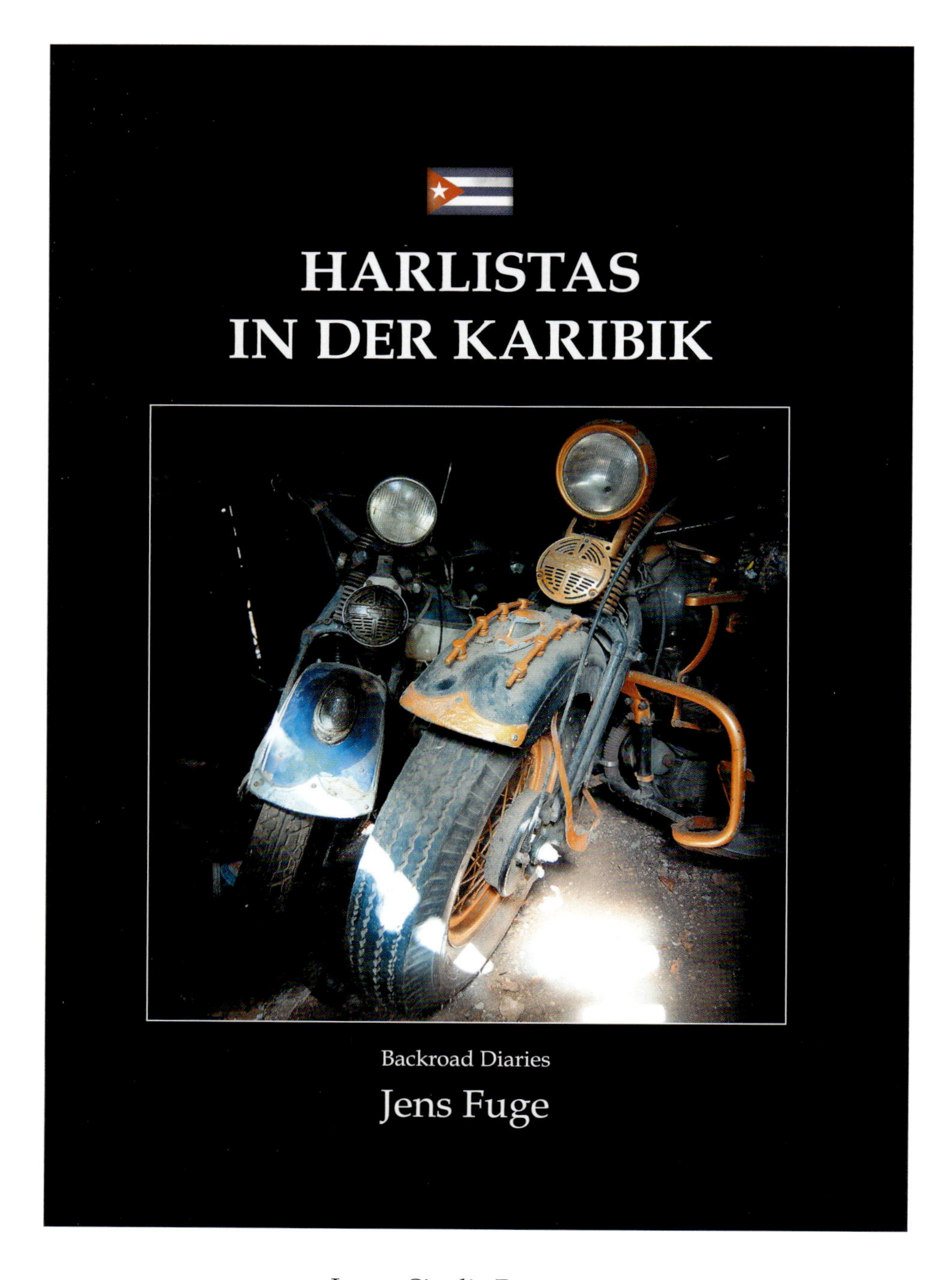

Lesen Sie die Reportage
„Harlistas in der Karibik"
Voraussichtlicher Erscheinungstermin: Herbst 2014
Erhältlich nur bei: www.backroad-diaries.de
Infos auch unter Facebook: backroad-diaries

Als nächste Neuerscheinung der Backroad-Diaries-Reihe ist „Harlistas in der Karibik" geplant.

Autor Jens Fuge hat die Insel erkundet und sich vor allem bei den Harlistas der Karibik umgeschaut. Er fuhr mit den wichtigsten Harley-Schraubern der Insel, hing ab mit dem Sohn des legendären Revolutionärs Che Guevara und erlebte Konzerte des populärsten Rockmusikers Kubas, David Blanco, der natürlich standesgemäß auf einer Uralt-Harley zu seinem eigenen Konzert vorfuhr. Er besuchte die samstägliche Versammlung der LAMA-Biker (Latino Americanos Motociclistas Asociation) Havanna und fuhr auf seiner eigenen Harley über die Insel. In Varadero feierte er auf der ersten offiziellen Harley-Party Kubas mit. Auf Kuba gibt es eine starke Harley-Gemeinde, obwohl seit über 50 Jahren keine einzige neue Maschine mehr in das Land gelangte. Immer wieder werden die alten Flatheads, Knuckleheads und Panheads restauriert, Lada-Kolben eingebaut, Ketten von alten Cola-Automaten gespannt und sämtliche Teile selbst angefertigt. Diese Szene ist in sich selbst gefestigt und in dieser Form einmalig auf der Welt. Natürlich nimmt Fuge sich auch die Verhältnisse in dem sozialistischen Land vor. Er trifft Tätowierer, Bestatter, einen Dolmetscher, der den ehemaligen DDR-Parteichef Egon Krenz unter den Tisch soff, und erzählt vom Schicksal der unzähligen leichten Mädchen, die auf den Straßen Havannas anschaffen gehen. Sie können mit einem einzigen Kunden so viel verdienen wie ein Ingenieur, ein Arzt oder andere Spezialisten im Monat. Kuba ist ein einziger Widerspruch - aber spannend. Wie immer ist Gonzo-Journalist Jens Fuge mittendrin.

Ernesto, der Sohn des Che Guevara (l.), fährt auf der Maschine des Klassenfeindes über die Insel.

COCO
CUBAN
MOTOR
HARLEY-DAVIDSON
CYCLES
HARLISTAS
CUBAN
MOTOR
HARLEY-DAVIDSON
CYCLES
HARLISTAS